Eine Kindheit in Minden

Das Buch

Eingebettet in die Geschicke der Landschaft um die Porta Westfalica erzählt die Autorin von ihrer siebenköpfigen Familie und ihrer im Schatten der Mindener Marienkirche verbrachten glücklichen Kindheit. Obwohl die Geschichte der Pfarrersfamilie Rahe im Vordergrund steht, erfährt der Leser manches historische Detail aus dem Viertel um den Marienkirchplatz und der Region Minden-Ravensberg. Dabei vermittelt die Erzählerin auch bei der Schilderung von Kriegs- und Nachkriegsjahren ein Gefühl des Aufgehobenseins und der Geborgenheit, und sie läßt keinen Zweifel daran, worin dieses gründet. Schließlich kann ihr Bericht auch als eine Quelle für die westfälische Kirchengeschichte gelesen werden.

Die Autorin

Margret von Falck geb. Rahe wurde 1934 als zweites von fünf Kindern in Minden (Westfalen) geboren. Dort verbrachte sie ihre ersten sechzehn Lebensjahre, bis die Familie 1950 nach Bethel bei Bielefeld umzog. Nach dem Abitur studierte Margret von Falck in Münster und Heidelberg Theologie und Germanistik. Bis zu ihrer Heirat mit Pfarrer Joachim von Falck war sie als Realschullehrerin in Münster tätig. Nach viereinhalb Jahren Gemeindearbeit in Oberhausen und im Kirchenkreis Krefeld wechselte das Pfarrerehepaar nach Bad Lippspringe, Kairo, Bielefeld und Zypern. Es hat vier Kinder und sechs Enkelkinder und lebt heute in Bielefeld - Sennestadt.

Margret von Falck

EINE KINDHEIT

IN MINDEN

(1934 - 1949)

Meinem Sohn Dr. Martin von Falck und seiner Frau Susanne Martinssen-von Falck danke ich herzlich für die Redaktion dieses Buches.

© 2005 Margret von Falck
Umschlaggestaltung: Susanne Martinssen-von Falck
Herstellung und Verlag: Books on Demand GmbH, Norderstedt
ISBN 3-8334-4857-1

Margret von Falck

Eine Kindheit in Minden

(1934 - 1945)

Inhalt

Für Jochen,
unsere geliebten Kinder,
Schwieger- und Enkelkinder,
Geschwister, Nichten und Neffen

VORGESCHICHTE

1. Die Landschaft

Nördlich der Porta Westfalica, wo die Weser das Mittelgebirge verläßt, um durch das norddeutsche Tiefland dem Meer entgegenzufließen, liegt die Stadt Minden. Bedeutungsvoll waren die Ereignisse um das Jahr 9 nach Christi Geburt, als römische Legionäre ihr Sommerlager in den Wäldern und Sümpfen dieses Gebietes aufschlugen, um die dort ansässigen Germanenstämme zu unterwerfen – was ihnen, um es gleich vorwegzunehmen, auf Dauer nicht gelang. Bündnisse wurden geschlossen, Ränke geschmiedet, Handel getrieben, Widerspenstige ermordet, aber wenn das Laub von den Bäumen fiel, die Nebel in den Flußläufen und über den sumpfigen Tälern dichter wurden, der Regen zunahm und der Winter mit Eis und Schnee nahte, dann zog sich das römische Heer an den Rhein zurück. Wie wir wissen, wurde es im Jahre 9 daran gehindert, nachdem nämlich drei Elitetruppen von den Einheimischen am Rande des Wiehengebirges in Sümpfe gelockt worden waren und mit Roß und Reiter elendig umkamen. Nach dieser verheerenden Niederlage, die ihnen wenige germanische Stämme beigebracht hatten, kehrten die Römer nicht wieder nach Westfalen und in den niedersächsischen Raum zurück, jedenfalls nicht mehr mit dem Ziel, diese Gebiete als römische Provinz ihrem Reich einzuverleiben. Der Feldherr Quintilius Varus nahm sich das Leben, und in Rom rannte Kaiser Augustus in seinem Palast gegen die Wand und schrie vergeblich:„Varus, gib mir meine Legionen zurück!"

Turniermaske eines römischen Kriegers,
gefunden in Kalkriese im Osnabrücker Land.

Weser- und Wiehengebirge, infolge des Durch-
bruchs der Weser voneinander getrennt, durch Auf-
schichtung des Geländes vermutlich am Ende der Eiszeiten entstanden, sind eine Landschaft voller Geheimnisse. Eins davon wurde in unseren Tagen gelüftet, als
man nämlich im Wiehengebirge bei Arbeiten in einem
Steinbruch an senkrecht stehenden Felswänden zahlreiche Saurierspuren entdeckte. Sie waren vor Jahrmillionen in den damals weichen Untergrund gedrückt
worden, der sich dann – ebenfalls während unvorstell-
bar langer Zeit – verfestigte und hochgeschoben wurde.
Nur der Schöpfer der Welt weiß, wie oft die Landschaft
jener Region seitdem ihr Angesicht verändert hat und
wann – sozusagen in letzter Minute – Menschen sie zu
prägen begannen.

Saurierspuren im Wiehengebirge bei Barkhausen, Größenvergleich: ein sechsjähriger Junge.

Irgendwann ließen sich an einer Weserfurt nördlich der Porta Westfalica Menschen nieder, um dort zu überleben und die günstige Verkehrslage zu nutzen. Es entstand eine Fischersiedlung, die Wiege der Stadt Minden. Wer kann genau sagen, wie dieser Ort zu seinem Namen kam? In alten Plänen und Zeichnungen taucht die Bezeichnung Minda auf – ist es eine altgermanische oder trotz des Fernbleibens der Römer eine lateinische Form? Die Kinder in der Schule lernten im Heimatkundeunterricht jedenfalls folgendes: Karl der Große hatte in langen, blutigen Kämpfen zunächst vergeblich versucht, die Sachsen zu unterwerfen, um von ihren Ländereien aus mit seinen fränkischen Truppen bis zur Elbe durchzustoßen. Nach der Bekehrung des Sachsenherzogs Widukind hielt er im Jahre 798 eine Heeresversammlung in Minden ab und ließ um 800 n. Chr. südlich der Fischerstadt und ohne Verbindung zu ihr einen Dom und einen Bischofssitz errichten. „Dat is min un din!" soll er zu Widukind gesagt haben, aber wer ist dabeigewesen und hat es gehört?

Auf den Weserterrassen, die sich nach dem Ende der Eiszeiten im Urstromtal des Flusses gebildet hatten, entwickelten sich als Kern der späteren Unterstadt und unabhängig voneinander die Fischerstadt, die Domburg oder Domfreiheit und in deren unmittelbarer Nähe eine bürgerliche Kaufmannssiedlung um einen Marktplatz herum. Die deutschen Kaiser Konrad II., Heinrich III. und Heinrich IV. weilten mehrfach in Minden, nachdem Kaiser Otto II. dem Bistum 977 Hochgerichtsbarkeit, Markt-, Münz- und Zollrecht verliehen hatte.

Das Mittelalter hindurch war Minden somit Sitz und Herrschaftsbereich eines Fürstbischofs. Die weltliche und die geistliche Macht lagen in einer Hand, und wer immer mit schuldbeladenem Gewissen dastand und auch allen Grund hatte, seine bösen Taten zu bereuen, konnte eher damit rechnen, doppeltem Gerichtsurteil ausgesetzt zu sein, als Hilfe, Trost und Zuspruch zu erfahren. Doppeltem Urteil, denn weltliche Gesetzgebung und Gerichtsbarkeit einerseits sowie seelsorgerlicher Beistand oder Androhung ewiger Verdammnis andererseits waren eng miteinander verknüpft. Wer dem Willen des hohen Herrschers und seines ihn umgebenden Domkapitels oder Hofstaates, seien es nun Priester, Mönche oder Laien, nicht entsprach, konnte mit schwerwiegenden Folgen für sein irdisches Fortbestehen und auch für das Heil seiner Seele rechnen.

Außerdem war dem Bischof als Landesherrn an der Bewahrung seiner Macht und seines Besitzes gelegen. Kleine und größere Fehden mit den Nachbarn wechselten mit Zeiten der Ruhe und des inneren und äußeren Aufbaus. Die günstige Verkehrslage der Stadt am Fluß mit ihrem weit ausgedehnten Hinterland förderte den Handel und das damit verbundene Erstarken der Kaufmannschaft. Schon im 13. Jahrhundert schloß Minden sich der Hanse an. Die Bürgerschaft hatte weitgehende Unabhängigkeit vom Bischof errungen, der im Jahre 1306 seinen Wohnsitz zwölf Kilometer nördlich nach Petershagen verlegte. Es gelang den Mindener Bürgern, die bisher unter Führung ihres bischöflichen Herrn ins Feld gezogen waren, selber die Wehrhoheit zu übernehmen. Aufgrund eines Ratsbeschlusses von 1501 begannen sie, die veralteten mittelalterlichen Festungsanlagen zu erweitern.

Dieses und vieles andere, im Überblick und im Detail, und auch was später geschah, als im ausgehenden Mittelalter die befreiende Botschaft von Jesus Christus, kurz Evangelium genannt, den Mindener Bürgern bekannt wurde, als Minden mehrfach durch Feuer und Kriege zerstört wurde, auch während des Dreißigjährigen Krieges, und einen neuen Festungsring bekam, als das Hochstift Minden im Westfälischen Frieden an Brandenburg fiel, als die Franzosen wiederholt versuchten, die Stadt zu erobern, und sie unter der preußischen Herrschaft zur Beamten- und Garnisonstadt wurde, als schließlich der Erste Weltkrieg hereinbrach und die aufstrebende Industrie trotz guter Handels- und Schiffahrtsbedingungen große Verluste hinnehmen mußte – das alles läßt sich an vielen urkundlichen, schriftlichen und gegenständlichen Zeugnissen in alte Zeiten zurückverfolgen. Allerdings, gemessen an den Jahrmillionen der Entstehungszeit dieses kleinen Flekkens Erde ist es nur ein Augenblick.

2. Eine Liebesgeschichte

Es war im Jahr 1929, kaum mehr als ein Jahrzehnt nach dem Ende des Ersten Weltkriegs und dem Abschluß des Versailler Vertrages, als im April der fast dreiunddreißig Jahre alte Pfarrer an Sankt Marien in Minden, Lic.[1] Wilhelm Rahe, zu einer Eltern- und Erziehertagung nach Breslau reiste. Dieser offizielle Anlaß war allerdings nie und nimmer der Grund für seine weite Reise, sondern Wilhelm meinte, es sei Zeit für ihn, sich nach einer Frau umzusehen. Er nahm an, daß Ilse Zänker, die Tochter seines ehemaligen Lehrers, des einstigen Direktors des Predigerseminars in Soest, das

---

[1] Abkürzung für Licentiat = Doktor der Theologie.

er sieben Jahre zuvor besucht hatte, inzwischen heran-gewachsen war, und wollte sie wiedersehen. Während seiner pfarramtlichen Tätigkeit – sein Weg hatte ihn nach Kopenhagen und Malmö, ins Ruhrgebiet und nach Minden geführt – hatte er das damals fünfzehnjährige Mädchen nicht vergessen. Ilse hatte inzwischen ihr Abitur abgelegt, was für Frauen in der damaligen Zeit eine Seltenheit war. Weil die Bethanienschule in Bres-lau zum erstenmal die Hochschulreifeprüfung abnahm, wurde Ilse wie alle ihre Mitschülerinnen im Anschluß an die schriftlichen Arbeiten in fünfzehn Fächern mündlich geprüft. Später leistete sie ein praktisches Jahr in einem Säuglingsheim ab, so daß die Vorausset-zungen für den Besuch der Sozialen Frauenschule in Berlin gegeben waren. Ilse wollte Fürsorgerin[2] werden. Doch es sollte anders kommen.

Der Vater Otto Zänker, zum Generalsuperintenden-ten für den Sprengel Breslau und Oberschlesien nach Breslau berufen, lud nichtsahnend den Tagungsteil-nehmer aus der westfälischen Heimat zusammen mit anderen Herren in sein Haus ein. Ilse erkannte intuitiv, daß Wilhelm nur ihretwegen gekommen war, doch hat-ten die beiden jungen Leute kaum Gelegenheit, mit-einander zu sprechen, da sie keinen Augenblick allein bzw. zu zweit waren. Allerdings saßen sie während des Mittagessens nebeneinander.

Nach dem Essen bekam Ilse den Auftrag, die Gäste an die Haustür zu begleiten. Wilhelm verabschiedete sich als letzter. Schon der Augenkontakt genügte, und ein Funke sprang über.

---

[2] Nach heutigem Sprachgebrauch „Sozialarbeiterin", allerdings mit kirchlicher Ausbildung.

Sommer 1929 in Breslau: Marianne (hinten), Luise und Otto Zänker (links), Ilse Zänker und Wilhelm Rahe (rechts), Waldemar Zänker und Dackel Tino (vorne).

Als der junge Pfarrer wieder nach Hause zurückgekehrt war, bat er Otto Zänker schriftlich um die Hand der Tochter. Diese hatte den verschlossenen Brief entdeckt, verriet das aber nicht, sondern wartete mit Spannung auf die Reaktion ihrer Eltern. Die waren sehr bewegt, nachdem sie beide den Brief gelesen hatten, und riefen Ilse zu sich herein, um mit ihr zu sprechen.

Für den 6. Mai hatte Ilse eine Reise in den Westen zur Hochzeit ihrer Freundin Ekka in Münster geplant und führte sie auch durch. Wilhelm fuhr seiner zukünftigen Braut mit dem D-Zug bis Hannover entgegen. Ein Spaziergang ins Johannistal in Bielefeld besiegelte den Bund fürs Leben. „Top es sei" telegrafierte Ilse verabredungsgemäß den gespannt wartenden Eltern nach Hause. Die Hochzeit der Freundin spielte nur noch eine

14

untergeordnete Rolle. Um so wichtiger für Ilse waren die Besuche bei den Eltern des Verlobten, Klara und Wilhelm Rahe in Bad Oeynhausen, und bei seiner Schwester Hildegard Menges in Uentrup.

Schon im Oktober des gleichen Jahres fand in Breslau die Hochzeit statt. Das junge Paar verbrachte seine Flitterwochen in Braunlage im Harz und zog dann in das Anfang des zwanzigsten Jahrhunderts erbaute, geräumige Pfarrhaus Marienkirchplatz 3 neben der Marienkirche in Minden ein, das Wilhelm bis dahin zusammen mit seiner Haushälterin Katharina Dörr bewohnt hatte. Eine glückliche Ehe begann.

Daß zwei sich herzlich lieben,
ist aller Welt Beginn,
macht sie erst rund und richtig
bis zu den Sternen hin.

Daß zwei sich herzlich lieben,
ist nötiger als Brot,
ist nötiger als Leben
und spottet aller Not.

Verfasser unbekannt.

FRÜHE KINDERZEIT

Den jungen Eltern Wilhelm und Ilse wurde am 19. Februar 1932 eine Tochter geboren, die sie nach ihrer Mutter Ilse nannten. Als Ilschen noch im Körbchen lag, also weder sitzen noch laufen konnte, summte sie gern die Töne der Domglocken nach, die bei offenem Fenster ins Kinderzimmer herüberschallten. „Das wird ein musikalisches Kind,‟ meinte Großmutter Luise Zänker, die so oft wie irgend möglich die Reise zu ihrer Tochter nach Minden unternahm. Leider stellte man erst sehr spät fest, als Ilschen nämlich schwer laufen lernte, daß sie eine Hüftluxiation hatte. Deswegen wurde sie zweimal operiert und mußte lange in Gips liegen.

Margret, die zweite Tochter, kam am 12. Juli 1934 zur Welt, gerade als die Glocken von Sankt Marien um sechs Uhr zum Abendgebet läuteten. Bei ihrer Taufe predigte Großvater Zänker über das Wort Jesu vom Hirten und seinen Schafen aus dem Johannesevangelium (Joh. 10, 27-28): „Meine Schafe hören meine Stimme, und ich kenne sie, und sie folgen mir; und ich gebe ihnen das ewige Leben, und sie werden nimmermehr umkommen, und niemand wird sie aus meiner Hand reißen.‟

Taufe 10.8.1934 von Margret Rahe, Nachfeier im Pfarrgarten.
Vordere Reihe von links nach rechts: Mariechen Kuhlmann (Tochter des Küsters Adolf Kuhlmann), Großvater Bischof Otto Zänker (Breslau) mit Ehefrau Luise geb. Bansa, Ilse Rahe mit Täufling, Großeltern Clara geb. Arntz u. Wilhelm Rahe (Bad Oeynhausen).
Hintere Reihe von links nach rechts: Hausmitbewohnerin Hilfsschullehrerin Anna Schack, Pastorenwitwe Frau Schumacher (früher Dankersen), Brautpaar Doris Homann u. Lic. Viktor Pleß, Marianne Zänker, Patentante Änne Lohmann geb. Gräwe, Hildegard Menges geb. Rahe mit Ehemann Pfarrer Walter Menges (Hartum), Ilse Rahe jun. auf dem Arm ihres Vaters, dazwischen Pate Waldemar Zänker, Patin Bertchen Zillesen, Lic. Gerhard Dedeke (Minden), Hausgehilfin?, Pfarrer Martin Lohmann (Minden), Hausmitbewohnerin Paula Schack.

Schon früh stellte sich bei Margret eine große Anfälligkeit für Erkältungskrankheiten heraus, die mit Atemnot einherging. Mutter Ilse berichtete von einer Lungenentzündung des Kindes und von mancher Nacht, in der sie geglaubt habe, die Kleine werde den nächsten Morgen nicht mehr erleben. Da war es keine Selbstverständlichkeit, daß die beiden Schwestern trotz aller Krankheitsnöte fröhlich miteinander heranwuchsen. Ilschen nannte sich selber Itle und ihre zweieinhalb Jahre jüngere Schwester Mani, was die Erwachsenen übernahmen.

Das Pfarrhaus in Minden, am Hang erbaut und oberhalb der Marienstraße gelegen, war für die Kinder eine feste Burg, in der sie sich sicher fühlten. Von ihrem Spielzimmer, das zugleich Wohn- und Eßraum der Familie war, blickte man ebenso wie von der Veranda aus einen kleinen Hang hinunter, Pastorenbrink genannt, und sah auch ein Stück der Marienstraße und das Ende des Marienwalls, aber nicht bis hin zur Marienwallkaserne, von der aus Mani manchmal abends, wenn sie nicht schlafen konnte, den Zapfenstreich vernahm. Damals fuhren sehr wenige Autos, aber man konnte ein paar Pferdegespanne, z. B. von der Brauerei Feldschlößchen, und Radfahrer beobachten, aber auch Fußgänger und in dem großen gelben Mietshaus direkt gegenüber einen Herrenfriseur, „Onkel Sör", der gelegentlich Manis Haare schnitt.

Pfarrhaus Marienkirchplatz 1 mit „Pastorenbrink", von der Marienstraße aus gesehen.

18

Mutter Ilse war Mittelpunkt des Familienlebens. Sie war flink und zierlich, hatte helle blaue Augen und ihr langes, dunkles Haar hinten in einem Knoten zusammengesteckt. Nach Meinung der Kinder sahen Vater und Mutter ziemlich gleich aus, denn zwei Menschen, die sich liebhaben, sind sich manchmal auch äußerlich ähnlich. Daß die Eltern sich liebten und in den wesentlichen Dingen einer Meinung waren, empfanden die Kleinen als Selbstverständlichkeit, so daß sie erst gar nicht versuchten, Vater und Mutter gegeneinander auszuspielen. Solange sie sich erinnern konnten, hieß es jedesmal, wenn sie bei Vater um eine besondere Erlaubnis baten: „Hast du Mutter schon gefragt?", und bei Mutter: „Hast du Vater schon gefragt?" Beide Eltern hatten eine auffallend hohe Stirn, was vermutlich in den Augen der Kinder ihre Ähnlichkeit verstärkte. Ilschen und Mani hielten Vater und Mutter für Geschwister. Aber warum gab es zwei Großelternpaare? Das konnten sie sich nicht erklären.

Mutter Ilses Zimmer lag zwischen dem Wohnzimmer und Vaters Arbeitszimmer und war mit dem Wohnzimmer durch eine große Flügeltür verbunden. Im Winter wurde es nur zu besonderen Gelegenheiten geheizt, und die Kinder durften hinein, wenn Besuch gekommen war und sie „Guten Tag" sagen und „ein Knicks-chen machen" sollten. Die Großeltern hatten ihrer ältesten Tochter die hübsche Einrichtung im Biedermeierstil geschenkt: einen zierlichen Mahagonischreibtisch, Sofa, Sessel, eine Kommode und einen Mahagonibücherschrank. Dieser war für die Kinder deswegen von besonderem Interesse, weil sich in seinem untersten Fach feine Süßigkeiten befanden, von denen die beiden etwas bekamen, wenn sie besonders lieb gewesen waren oder wenn sie ein „Tröstchen" nötig hatten. Gehorchten sie aber einmal nicht, zögerte ihre Mutter nicht lange und gab ihnen einen Klaps. Auch konnte sie es nicht vertragen, wenn die beiden sich gegenseitig verpetzten. „Vertragt euch!" sagte sie dann, und wenn eins sich noch weiter beklagte: „Itle hat aber angefangen!", so fügte sie nur hinzu: „Und du hast weitergemacht."

Mutter Ilse war eine sparsame Hausfrau. Die roten Geranien für die Veranda, die jedes Jahr so üppig und kräftig blühten, zog sie selber. Das rechteckige Beet zwischen Sandkasten und Birnbaum bepflanzte sie mit kleinen weißen Nelken und Stiefmütterchen.

Die Kinder waren glücklich, wenn ihre Mutter sie vormittags zu ihren täglichen Besorgungen in die Stadt oder auf den Wochenmarkt mitnahm, der zweimal wöchentlich auf dem in Adolf-Hitler-Platz umbenannten Großen Domhof stattfand. Dort gab es viel zu sehen. Für die großartige Nordfront des Doms mit seinen filigranen gotischen Fenstern hatten die Kleinen natürlich noch keinen Blick. Dagegen beobachteten sie genau, wie die westlich der Weser wohnenden, ganz in Schwarz gekleideten Marktfrauen oder aber die Bückeburgerinnen mit ihren roten Röcken, weißen Rüschenblusen, schwarzen Schultertüchern und dem hochgekämmten, meist dicken Zopf, den sie als Knoten halb auf der Stirn über dem Haaransatz trugen, geschäftig Gemüse oder Obst abwogen und Geld abzählten. Beim Schlachter August Peters am Anfang der Hufschmiede bekamen sie traditionsgemäß eine Scheibe Jagdwurst und bestaunten beim Lebensmittelhändler Hermann Hering auf der Marienstraße den dreiräderigen Lieferwagen und wie die angestellten jungen Männer so elegant den Bleistift hinter das Ohr steckten, wenn sie ihn gerade nicht benutzten.

Mutter Ilse hatte eine ausgesprochen glückliche Kindheit verbracht und erzählte gern von früher, von ihrer Schulzeit und besonders von ihren Eltern und Geschwistern, zu denen sie ein inniges Verhältnis hatte. Was sie aber genauso wie ihre eigene Mutter nicht leiden konnte, war der Muttertag. „Ich bin so froh, daß ich euch habe", sagte sie in späteren Jahren oft zu ihren Kindern, „das ist doch nicht selbstverständlich! Wie viele Leute können keine Kinder haben! Der sogenannte Muttertag ist ja doch nur eine Erfindung der Geschäftsleute aus den zwanziger Jahren. Sie haben damit eine neue Geldquelle entdeckt. Wenn ihr es richtig seht, habt ihr jeden Tag Muttertag, an dem ihr mir helfen könnt."

Vater Wilhelm war elf Jahre älter als seine Frau und auch ein Stück größer als sie. Die Kinder sahen ihn bei den Mahlzeiten oder wenn sie ihn im „Studierzimmer" besuchten. Bei solch einer Gelegenheit nahmen sie gern den einen oder anderen seiner Stifte oder ein Radiergummi mit, weil sie die einfach lieber hatten als ihre eigenen, worüber er natürlich nicht sonderlich entzückt war. Mani hätte auch gern seinen Füller gehabt, um damit Tintenkleckse zu machen und sie mit einem kleinen Tintenlöscher wieder zu entfernen. So leitete sie ihren Wunsch einmal mit den klugen Worten ein: „Vater, du bist doch ein verständiger Junge." Wilhelm war derjenige gewesen, der Ilschen in ihrem Gipsverband, den sie nach ihren Hüftoperationen bekommen hatte, am besten tragen konnte. In seinen Armen fühlte sie sich geborgen. Später fütterte er Mani, die als Kleinste beim Mittagessen zwischen den Eltern saß, mit großer

Geduld. Vor allem Spinat hätte Mani am liebsten jedesmal gleich wieder ausgespuckt, und Fleisch oder Fisch behielt sie, wohl weil sie zu träge zum Kauen war, oft noch nach dem Mittagsschlaf im Mund.

Als Kind war Wilhelm Rahe hellblond gewesen. Sein Vater kam „vom Hofe", einem Bauernhof in Kirchlengern Kreis Herford, den er nach altem Brauch als älterer Sohn seinem jüngeren Bruder hatte überlassen müssen. Er selbst war Postbeamter geworden: In Bielefeld, Isselhorst, Rehme, Enger und an vielen anderen Orten in Westfalen hatte er gearbeitet, bis er nach der Inflation frühzeitig pensioniert wurde und sich in Bad Oeynhausen zur Ruhe setzte. Dort pflegte er seinen großen Obst- und Gemüsegarten. „Westfälische Eiche" nannten ihn seine Freunde, weil sie sich auf ihn verlassen konnten. Leider ließ sein Gehör im Alter stark nach. Seine einzige Tochter Hilde war seine große Freude, sein ältester Sohn Wilhelm sein Stolz. Seine Frau Klara, zwölf Jahre jünger als er, war eine tüchtige Hausfrau, die mit dem verhältnismäßig niedrigen Gehalt ihres Mannes gut wirtschaftete und es ihm und ihren fünf Kindern an nichts fehlen ließ.

In seiner Jugend hatte Großvater Rahe gern Karten gespielt, aber nachdem er mit der Erweckungsbewegung [3] in Minden-Ravensberg in Berührung gekommen war, wurde er von der Predigt des Evangeliums so stark beeinflußt und bestimmt, daß ihm plötzlich nur noch daran gelegen war, alle Bereiche des Lebens in Ordnung zu bringen und dem Evangelium gemäß zu gestalten. Darum verbannte er alle Spielkarten aus dem Haus und verbot auch seinen Kindern das Tanzen. Seinen

---

[3] Sie ist durch das Wort Gottes ausgelöst, das Menschen in ihrem Herzen trifft und sie in Wort und Tat mit Ernst Christen sein läßt.

ältesten Sohn hatte er stark geprägt. Was dieser auch immer tat, besprach er, solange er noch nicht verheiratet war, mit seinen Eltern.

Beständigkeit und unbedingte Zuverlässigkeit waren Großvater Wilhelm Rahes Stärke, aber auch die Stärke seines Sohnes und seiner Schwiegertochter. Selbstverständlich, daß sie regelmäßig abends vorm Schlafen mit den Kindern beteten. Vor dem Essen wurde ein Tischgebet und hinterher ein Dankgebet gesprochen. Als die Kinder noch nicht zur Schule gingen, hielt Vater Wilhelm morgens für alle, die im Haus waren, eine Andacht, die in späteren Jahren nach dem Mittagessen gelesen wurde und die Mutter Ilse, wenn sie sich mittags ausruhte, still für sich noch einmal durchlas.

Alltags war der Pastor viel in der Gemeinde unterwegs, machte Kranken- und Kondolenzbesuche, führte Gespräche mit den Eltern seiner zahlreichen Konfirmanden und Konfirmandinnen, hielt Katechumenen- und Konfirmandenunterricht, Beerdigungen, Trauungen und leitete Gemeindeveranstaltungen wie Frauenhilfe, Männerkreise und Wochengottesdienste. Dazu kamen Presbyteriumssitzungen, Pfarrkonvente, Verwaltungsarbeit und Sprachunterricht in Hebräisch, den er Einzelschülern, meist zukünftigen Theologiestudenten, erteilte. Auch hatte er einen Lehrauftrag für Westfälische Kirchengeschichte in Münster.

Für die Kinder hatte jeder Tag seinen besonderen Glanz. Wenn sie ihre Mutter morgens nicht bei ihren Besorgungen begleiteten, gingen sie bei Wind und Wetter mit Grete, dem Kindermädchen, zum Schwanenteich im Weserglacis [4] oder durch das Marienglacis spazieren. Mani saß zunächst noch in der Sportkarre, während Ilschen nebenher lief, bis sie angeblich nicht mehr laufen konnte und dann auch in den Wagen stieg. Grete war so lieb und geduldig, daß Mani sie zärtlich Mami nannte und sich am liebsten auf ihrem Schoß kuschelte.

Im Lauf des Tages kamen viele Leute ins Haus. Der erste am Morgen war Vinken Vatter, der Milchmann, der jedesmal aus seiner großen Blechkanne mehrere Liter Milch in die dafür bereitgestellten Töpfe einfüllte. Anderen Leuten, z. B. den Nachbarn nebenan, stellte er die Milch auf die Treppe, wenn sie nicht an seinen Wagen kamen, aber bei Rahes trank er jeden Morgen seine Tasse Kaffee, bevor er vom Kirchplatz aus mit seinem Milchkarren, der von einer braunen Stute gezogen wurde, Richtung Königswall oder Hufschmiede weiterzog. Einmal brachte er sogar einen jungen Mann mit, der eine Liste über die Größe seines heimatlichen Hofes, über die Grundstücke und die Anzahl der Kühe, Schweine, Hühner usw. mitbrachte und sie mit dem elterlichen Besitz des Raheschen Hausmädchens verglich. Vinken Vatter hatte dem Hochzeitsanwärter wohl gesagt, dieses sei eine Partie für ihn. Aber dieser Vorgang wiederholte sich nicht, und es ist auch nicht mehr bekannt, wie er ausging. – Von wem Vinken Vatter oft und gern erzählte, das war sein Sohn Heini, sein großer Stolz. Er und seine Frau, so schien es, lebten nur für diesen Jungen.

Ab und zu kamen Tante Doris Pleß und ihr Töchterchen Bärbel, das ein Jahr jünger als Mani war, zu Be-

---

[4] Glacis = Grüngürtel um die Stadt, auf dem ehemaligen Befestigungsring angelegt.

such. Der Vater, Lic. Viktor Pleß, war Pfarrer gewesen und ein halbes Jahr vor der Geburt des Kindes einem Krebsleiden erlegen. Die junge Witwe litt sehr unter dem Verlust und war dankbar, wenn sie mit Mutter Ilse über ihren großen Kummer sprechen konnte. Zu Bärbels Geburtstag und zu anderen Gelegenheiten wurde Mani, die Bärbel im Alter nahestand, regelmäßig eingeladen.

Es verging kein Tag, an dem Daja nicht wenigstens einmal nach den Kindern schaute. Sie war Sonderschullehrerin, „Hilfsschullehrerin", wie man damals sagte, und hieß eigentlich Anna Schack. Ilschen hatte Tante Anna sagen sollen, doch wurde daraus „Dania" und später bei Erika, der dritten Tochter, „Daja". Zusammen mit ihrer jüngsten Schwester Paula war Daja zu Beginn von Wilhelm Rahes pfarramtlicher Tätigkeit in Minden in das Dachgeschoß des Hauses eingezogen und wohnte später allein darin. Als die Kinder noch kaum laufen konnten, krabbelten sie schon die Treppe zu ihr hinauf, klingelten an der Wohnungstür und wurden stets mit Freuden empfangen. Wie viele interessante Dinge gab es in Dajas Wohnung zu bestaunen! Die weichen Polstermöbel, auf denen merkwürdig geschwungene Gebilde zu erkennen waren, der große Wohnzimmerschrank mit zahlreichen Büchern, dem feinen Porzellan, der tanzenden Prinzessin und dem Neger aus Wolle. Dajas Wohnzimmer hatte braune, ihre „Gute Stube" dagegen rote Plüschmöbel und war schwer zu heizen. Auf dem Flur stand in einer Nische gegenüber der Tür zum großen Trockenboden eine riesige, die Kinder beeindruckende Hermesbüste aus Gips mit dem Amorknaben im linken Arm. Von Dajas Lieblingsplatz am Wohnzimmerfenster hatte man einen weiten Blick über die Stadt zum Wesertor, zum Dom und bis zur Porta hin. Am besten gefiel es den Kindern, wenn Daja Hefte nachsah. Herrlich, unter die Fehler der Schüler rote Striche machen zu dürfen! Daja war davon allerdings nicht sonderlich entzückt. Sie war aber immer lustig und guter Dinge und wußte stets etwas Nettes von ihren Schulkindern oder etwas anderem zu erzählen, nur nicht am Morgen. Da rauschte sie um kurz vor acht die Treppe hinunter, meistens ärgerlich, weil sie verschlafen oder vergessen hatte, den Mülleimer rechtzeitig nach draußen zu stellen. Aber wenn sie mittags aus der Schule heimkehrte, war sie eitel Sonnenschein. Oft sah sie dann, daß Mani ihren Teller noch nicht leergegessen hatte und ihre liebe Mutter mit großer Geduld versuchte, ihr einen Löffel nach dem anderen in den Mund zu schieben. Beim Anblick dieses Elends rief Daja lachend: „Mani, du kommst zu mir in die Hilfsschule!" Und Mani rechnete fest damit, in die Hilfsschule gehen zu müssen, weil sie so schlecht aß, wenn auch nicht klar war, was sie sich unter der Hilfsschule oder überhaupt unter einer Schule vorzustellen hatte. Abends versäumte Daja nie, den Kindern einen Gute-Nacht-Kuß auf die Stirn oder auf die Haare zu geben. Wenn sie nachmittags Besuch hatte, durften Ilschen und Mani selbstverständlich dabeisein oder wenigstens Guten-Tag sagen. Natürlich gratulierten sie ihr jedes Jahr im November zum Geburtstag, wenn die Freundinnen da waren und Kaffee tranken. „Ja," sagte Daja, „ich bin nun schon sooo alt." „Ach nein," riefen die Kinder, „du bist erst fünfundvierzig!" Daja hatte viel Humor, betonte aber auch, daß sie ein paar Jahre älter als Vater Wilhelm (er war 1896 geboren) und nicht immer seiner Meinung sei.

Fast das ganze Jahr hindurch bewohnte ein Vikar das sogenannte Vikarszimmer. Es lag über der Küche und war mit ihr durch einen Geschirraufzug verbunden, so daß der junge Herr zwischendurch eine Tasse Kaffee serviert bekommen konnte, ohne daß jemand die Treppe hinauflaufen mußte. Natürlich war jeder dieser Vikare, die im Pfarrhaus wohnten, auch in Vollverpflegung. Wie die anderen Vikare, die bei den verschiedenen Pfarrern der Stadt untergebracht waren, las er morgens oft mit Vater Wilhelm kursorisch hebräische oder griechische Bibeltexte.

Rahes hatten zwei Hausangestellte. Eine davon war die bereits erwähnte Grete. Es gab ja keinerlei elektrische Haushaltshilfen mit Ausnahme des Miele-Waschbottichs, dessen Schleuderkreuz elektrisch betrieben wurde. Weißwäsche kochte im großen, mit Holz und Kohle betriebenen Waschkessel in der Waschküche, wurde anschließend auf dem Waschbrett gerieben, in großen Wannen dreimal gespült und danach gut ausgewrungen auf dem Trockenboden neben Dajas Wohnung oder bei gutem Wetter im Sommer auf der Bleiche am Nachbarhaus, dem Gemeindeamt Marienkirchplatz 5, aufgehängt. Im Sommer und Herbst wurden Obst und Gemüse eingekocht. Weißkohl wurde gehobelt und in großen Fässern zu Sauerkraut eingestampft. An eine Spül- oder an eine Küchenmaschine mit mehreren Funktionen war natürlich kein Gedanke. Die geräumige Speisekammer hinter der Küche und ein doppelter, unter dem Kinderzimmer und der Veranda gelegener Vorratskeller nahmen die Funktion des heute unentbehrlich scheinenden Kühlschranks ein. Statt eines Staubsaugers nahm man Besen und Bürste, Schrubber, Aufnehmer und Teppichklopfer zur Hand. Die wenigen meist aus

Sisal gewebten Teppiche wurden in den Garten des Nachbarhauses transportiert und dort über der Teppichstange ausgeklopft. Außerdem mußten die Öfen beheizt werden, da die Zentralheizung je länger um so regelmäßiger ausfiel. Wenn sie aber doch einmal brannte, mußte man ständig Koks nachschütten. Im Frühling und im Herbst kam für mehrere Tage eine Hausschneiderin, die vorhandene Kleidungsstücke überprüfte und veränderte oder neue nähte, und von Zeit zu Zeit reparierte eine Weißnäherin die Bettwäsche. An solchen Nähtagen wurde die jeweilige Schneiderin oder Weißnäherin selbstverständlich voll beköstigt. Dieses und manches andere macht deutlich, wieviel umständlicher und zeitraubender die damalige Haushaltsführung verglichen mit der heutigen war und warum Mutter Ilse und die beiden Mädchen ständig irgendwo im Haus tätig waren.

Erwähnenswert ist noch die Klingel unter der Lampe im Kinder- und Eßzimmer. Wenn mittags vor dem Hauptgericht eine Suppe gegessen worden war oder es hinterher einen Nachtisch geben sollte, drückte Mutter Ilse auf die Klingel, und eins der Mädchen erschien in der Tür, räumte den Tisch so weit wie möglich ab und trug die neue Speise auf. Das änderte sich allerdings sehr bald mit Beginn des Krieges, ebenso wie glücklicherweise die Tätigkeit eines „Gelben Onkels" nachließ, von dem nachher noch die Rede sein wird.

Im Laufe des Tages klingelten Angestellte des Gemeindeamts von nebenan und verlangten eine Unterschrift des Pastors. Brautpaare fanden sich zum Trauegespräch ein, oder andere Gemeindeglieder wollten ihren Seelsorger sprechen, auch Bettler und Leute in finanziellen Nöten. Am beliebtesten bei den Kindern waren

„Tante Pook", die Pfarrgehilfin Elisabeth Pook, und „Onkel Kuhlmann", der Küster Adolf Kuhlmann mit seinem lustigen Schnauzbart nach Kaiser-Wilhelm-Art. Vor dem „Holzschuhmacher aus Meißen", der sich offensichtlich ständig in finanziellen und seelischen Nöten befand und der in unregelmäßigen Abständen erschien, eine bellende Stimme hatte und erschreckend groß war, fürchteten die beiden kleinen Mädchen sich.

Mani fand es immer besonders aufregend, wenn Handwerker im Haus arbeiteten. Wurde z. B. ein neuer Ofen eingebaut, um die Zentralheizung des Hauses zu entlasten, oder reparierte die „Truppe" von Tischlermeister Sievers vom Deichhof, einer Nebenstraße des Marienwalls, einen Rolladen, wich sie nicht von ihrer Seite.

Leider muß noch ein „Mitbewohner" des Hauses erwähnt werden, den die Kinder nicht liebten: Es war der „Gelbe Onkel", der griffbereit oben auf Mutter Ilses Mahagonischrank lag. Wenn die Kinder etwas ausgefressen oder nicht aufgeräumt hatten oder sich besonders heftig zankten, griff Vater nach ihm, legte die Kinder nacheinander quer über seine Oberschenkel, hob das Röckchen hoch und ließ den Rohrstock auf den Po des Kindes sausen. Dieses schrie schon vor der Berührung so laut, daß der Vater oft zögerte zuzuschlagen und hinterher sagte, die Schläge hätten ihm im Herzen mehr wehgetan als dem Kind auf dem Po – was bei den kleinen Mädchen allerdings auf Unverständnis stieß. Wilhelms nächstjüngerer Bruder, Ilschens Patenonkel Pfarrer Arnold Rahe in Paderborn, meinte zwar, sein Patenkind habe während der Operationen und während des langen Liegens im Gipsverband so viel durchgemacht, daß man es nicht mehr strafen dürfe, aber Wilhelm war anderer Meinung und wollte kein schwacher Vater sein wie der alte Priester Eli im Alten Testament[5].

Marienkirche. Ganz links: Haus auf der Mauer, Marienkirchplatz 1. Im Hintergrund neben Kirchturm: Westflügel des Marienstifts. Rechts im Vordergrund: Pfarrhaus Marienkirchplatz 3.

Mutter Ilse zog den Gelben Onkel nur selten zu Rate. Das war einmal der Fall, als Mani schon mindestens vier Jahre alt war. Damals gab es einen großen Umzug durch die Stadt, dessen Anlaß nicht mehr feststellbar ist. Soldaten, Hitlerjugend und vor allem geschmückte Wagen zogen vom Marienwall herauf und bogen rechts in die Marienstraße ein. Dort standen einige Zuschauer, die den Zug anguckten, u. a. auch Onkel Sör. Ilschen und Mani sahen von der Brüstung der Veranda aus gespannt auf die Straße hinunter, bis Ilschen anfing zu

---

[5] 1. Samuel 2 Vers 12 bis 17, 22 bis 25;
         3 Vers 10 bis 14

zappeln und Mani zuflüsterte: „Ich muß mal. Guck genau hin und erzähl mir hinterher, was du noch weiter gesehen hast." Sie verschwand, und bis zu ihrer Rückkehr hatte sich der Zug weitgehend aufgelöst. „D u hast was verpaßt!" wurde sie von Mani begrüßt, die ihr fantastische Geschichten von wunderbaren Umzugswagen –viel schöneren und bunteren als die ersten, die Ilschen gesehen hatte – und von einem großen Hund vorgaukelte, der angeblich durch die Menge gerast sei, den Onkel Sör dann aber gepackt und in seinen Ofen gesteckt und verbrannt habe. Ilschen wußte nicht recht, was sie davon halten sollte, und berichtete es ihrer Mutter. Die fragte Mani: „Stimmt das wirklich?" „O ja," beteuerte Mani, die inzwischen ins Schwärmen gekommen war. Da führte Mutter Ilse sie durch das Studierzimmer in den sogenannten Aktenraum, wo sich hinter den großen Schiebetüren eines Wandschranks Akten, aber auch Vater Wilhelms Talar und weitere Gegenstände verbargen. „Hast du das alles wirklich so gesehen?" fragte die Mutter noch einmal, und als Mani wieder bejahte, legte sie sie über ihre Knie und schlug sie mit dem Gelben Onkel.

Gegenüber allen anderen Wochentagen war der Samstag etwas Besonderes. Es war stiller im Haus als sonst. Die Kinder mußten leise sein, das Telefon sollte möglichst nicht benutzt werden, und Besucher stellten sich nicht ein. Denn Vater Wilhelm saß an seiner Predigt und durfte nicht gestört werden. Mittags gab es Erbsensuppe mit Bröckchen oder Graupensuppe, und abends fand das große Badefest statt. Im Kinderschlafzimmer stand zwar wie in jedem Schlaf- oder Gästezimmer des Hauses eine Waschkommode mit einer

großen Wasserkanne darauf und einer riesigen Por-
zellanschüssel daneben. Während die Kinder sonst dort
jeden Abend von Kopf bis Fuß kalt gewaschen wurden,
heizte man am Samstag den Kohlebadeofen im Badezimmer neben dem Schlafzimmer der Eltern. Mutter
Ilse badete die Kinder immer selbst und schnitt ihnen
Finger- und Fußnägel. Vater Wilhelm guckte zwischendurch kurz einmal herein, blieb aber oft nur in der Tür
stehen und wandte sich danach schnell wieder der Got-
tesdienstvorbereitung zu.

Marienkirche, im Vierungsgewölbe Szenen aus dem Leben Jesu.

Im Anschluß an den Gottesdienst für Erwachsene
und Konfirmanden hielt Vater jeden Sonntag Kindergottesdienst, den Ilschen und Mani von einem bestimmten Alter an nur dann versäumten, wenn sie krank
waren. Ilschen saß schon bei den größeren Kindern,
während Mani zu den kleinsten Mädchen gehörte, die
ihren Platz in den längs gestellten, vordersten Bänken

unter der Vierung hatten, also schräg gegenüber der mit Figuren reich verzierten Kanzel. Es war der schönste Platz, den es gab, denn man konnte dort mit baumelnden Beinen, den Kopf in den Nacken gelegt, die blau und hellgelb gemalten, kreisrunden Darstellungen aus dem Leben Jesu anschauen, die den goldenen Kronleuchter wie ein Kranz umgaben, Überhaupt war die Kirche bunt ausgemalt, so daß man immer wieder etwas Neues entdeckte. Jedoch die biblischen Bilder waren am schönsten. Tante Emma, die Kindergartenleiterin, eine Diakonisse aus dem Mutterhaus Sarepta in Bethel bei Bielefeld, erzählte Sonntag für Sonntag die biblischen Geschichten so anschaulich, daß es einem warm ums Herz wurde.

In manchen Familien gibt es am Sonntagmorgen ein gefärbtes Frühstücksei, sozusagen ein Osterei eingedenk der Tatsache, daß jeder Sonntag, jeder erste Tag der Woche ein Ostertag ist. Als solcher „Herrentag" wurde er jedenfalls in der frühen Christenheit gefeiert. Bei Rahes gab es nie ein Frühstücksei und darum sonntags auch kein Osterei, aber das sonntägliche Mittagessen hatte etwas Festliches. In der warmen Jahreszeit und besonders wenn die Großeltern aus Bad Oeynhausen oder aus Breslau da waren, fand es nicht wie alltags im Familienwohn- und Kinderzimmer statt, sondern im Eßzimmer am festlich gedeckten ovalen Tisch. Zum Gebet standen die Erwachsenen hinter den Stühlen. Einen Augenblick – feierliche Stille. Dann betete Vater Wilhelm: „Aller Augen warten auf dich, Herr,
und du gibst ihnen Speise zu seiner Zeit.
Du tust deine Hand auf
und sättigst alles, was lebt,
mit Wohlgefallen. Amen."

Die Augen der Kinder waren voller Erwartung auf die Erwachsenen gerichtet. Was würden sie tun? – Die Familie setzte sich. Vater schnitt das Fleisch, nachdem Großvater Zänker das Messer geschärft hatte, und danach aßen alle fröhlich miteinander.

Am Sonntagnachmittag, wenn kein Besuch da war und Rahes keinen Spaziergang zum Alten Friedhof machten, nicht mit der Reichsbahn zu den Großeltern nach Bad Oeynhausen und auch nicht mit der Kleinbahn zu den Verwandten nach Hartum fuhren, las Mutter Ilse den Kindern etwas vor, oder es wurden Spiele gemacht. Da fanden auf dem Rasen einfache Ball- oder Laufspiele statt, an denen sich die Erwachsenen beteiligten. Bei ungünstigem Wetter wurde oft Domino, Schwarzer Peter, Quartett oder Mensch-ärgere-dich-nicht gespielt. Diese Art Gesellschaftsspiele langweilten Vater Wilhelm offensichtlich. Wenn er trotzdem einmal mitmachte, stand er plötzlich unvermittelt auf, weil ihm etwas eingefallen war, was er gerade jetzt dringend erledigen mußte, und verschwand im Studierzimmer.

Was er dagegen ausgesprochen liebte, war ein Ausflug zur Porta und zum Kaiser-Wilhelm-Denkmal. Bevor es losging, sagte Ilse gewöhnlich zu Wilhelm und den Kindern: „Geht schon mal vor! Ich habe noch was zu erledigen." Die Straßenbahn stand am Poos bereit und zwar im Scharn, einer engen Gasse unterhalb der Hohnstraße. Eine schmale Häuserzeile trennte diese beiden Straßen voneinander. Das Besondere war, daß der Höhenunterschied zwischen den zwei Gassen zumindest in ihrem mittleren Teil ein ganzes Stockwerk betrug und man also vom Scharn aus ein Haus zu ebener Erde betreten und es einen Stock höher in der

Hohnstraße zu ebener Erde wieder verlassen konnte. Vom Poos aus gesehen lag auf der linken Seite des Scharns zwischen anderen kleinen Läden das Gemüsegeschäft Schaper, in dem Mutter Ilse zuweilen einkaufte, auf der rechten Seite der Hohnstraße ein Stück hinter der Marienapotheke das Kaufhaus Hagemeyer.

Der Markt mit Hohnstraße, Scharn und Rathaus.

Manchmal erreichte Mutter Ilse die Straßenbahn am Poos nicht mehr und kam dann nach schnellem Lauf durch die Hohnstraße lachend an der nächsten Haltestelle, nämlich am Markt an. Es ist nicht bekannt, daß sie die Straßenbahn, die dort längeren Aufenthalt hatte, ehe sie – am Kaak vorbei – durch die enge Obermarktstraße Richtung Porta weiterfuhr, jemals verpaßt hätte. Von der Endstation aus spazierten alle den Berg hinauf zur Denkmalsgaststätte und tranken dort Kaffee oder Kakao. Durch die großen, breiten Fenster des Lokals, aber auch schon unterwegs und erst recht vom Vorplatz des Kaiser-Wilhelm-Denkmals aus genoß vor allem

35

Vater Wilhelm den Blick auf Minden, auf die Weser und hinüber zum Wesergebirge.

Mani hatte es allerdings am liebsten, wenn sie mit Ilschen und Grete auf halbem Weg aussteigen durfte. In diesem Fall wurden die drei an der Haltestelle von Gretes Mutter erwartet, die Mani auf ihrem Arm über die Straße und ins Haus trug, wo sie zu viert einen amüsanten Nachmittag verbrachten.

Besondere Höhepunkte des Jahres waren die großen Kirchenfeste Weihnachten, Ostern und Pfingsten. An jedem Nachmittag im Advent zündete Mutter Ilse den Adventskranz an. Die Kinder stellten ihre später z. T. selbstgebastelten Transparente dazu und sangen mit den Eltern mehrere Advents- und Weihnachtslieder. In der Gemeinde gab es vor Weihnachten ein paar Feiern, bei denen die Kinder je nach Alter und Vermögen mitwirkten. Das eigentliche Ereignis in der Adventszeit aber war das häusliche Weihnachtsplätzchenbacken. Aus vorbereitetem Teig durften die Kinder Plätzchen ausstechen und Brote, Brezeln und winzige Brötchen für die Puppenküche backen. Voll Eifer und Begeisterung waren sie bei der Sache.

Heiligabend war die Tür zum Kinder- oder Wohnzimmer den ganzen Tag über verschlossen. Die Kinder lebten in so starker Spannung, daß sie sich so intensiv zankten wie sonst das ganze Jahr über nicht. Gern hielten sie sich wie zufällig im Eßzimmer nebenan oder auf dem Flur auf, obwohl es dort bitterkalt war, um durch das Schlüsselloch zu schielen oder gar einen Blick durch die Tür zu erhaschen, wenn jemand aufschloß. Gegessen wurde im Studierzimmer, weil es ebenso wie das Kinderzimmer einen guten Ofen hatte.

Nachmittags zur Gottesdienstzeit war es schon dämmerig. In der überfüllten Kirche strahlte das Licht der vielen echten Kerzen von den beiden hohen Christbäumen. Nach Hause zurückgekehrt, kam endlich der ersehnte Augenblick, in dem das silberne Glöckchen ertönte, die Tür zum Wohnzimmer aufging und der große Weihnachtsbaum, von oben bis unten mit Lametta behängt, im Glanz vieler Kerzen leuchtete. Unter dem Baum hatte Mutter Ilse liebevoll eine Krippe mit bunten Figuren aufgestellt. Die Geschenke waren im Raum verteilt, der nur durch die Christbaumkerzen erhellt war. Ilse stimmte das Lied „Ihr Kinderlein, kommet…" an, und alle sangen die vier bekannten Strophen dieses Liedes. Vater Wilhelm las die Weihnachtsgeschichte nach Lukas – später sagten die Kinder sie auswendig auf -, und es wurden noch weitere Weihnachtslieder gesungen. Danach fand die Bescherung statt, bei der Tante Pook, die vorher im Gottesdienst den Mädchenchor geleitet hatte, regelmäßig anwesend war. Jeder bekam einen bunten Weihnachtsteller mit selbstgebackenen Makronen und Plätzchen, Nüssen und einem Apfel und dann noch mehrere Geschenke, nämlich Spielzeug, Bilder- und Kinderbücher, die der Reihe nach angeschaut wurden. In keinem Jahr fehlte die große Puppenküche, mit der schon Mutter Ilse und ihre Geschwister gespielt hatten. Ihre Schüsselchen und anderen kleinen Behälter waren mit winzigen Backwaren gefüllt, die die Mädchen wie schon erwähnt selber geformt hatten und die sie nun mit Genuß verzehrten. Schließlich packten die Eltern das dicke Paket der Großeltern aus Breslau aus. Da gab es erneut Überraschungen für jeden, und zum anschließenden festlichen Abendessen nahmen die Kinder das jeweils schönste

Geschenk mit an den Tisch und später mit ins Bett. An den Weihnachtstagen und danach, oft durchgehend bis Neujahr wurden die Kerzen am Baum abends wieder angezündet und dazu Weihnachtslieder gesungen ähnlich wie vorher in der Adventszeit.

Der Gottesdienst für Kinder und Erwachsene am Ostersonntagmorgen war im Kindergottesdienst und im Kindergarten sorgfältig vorbereitet worden. In der Zeit vor Ostern besuchten die Erwachsenen die wöchentlich stattfindenden Passionsandachten, und vom Sonntag Laetare („Freut euch") bis zum Palmsonntag fanden die Konfirmationen der Jungen und Mädchen aus den drei zur Marienkirche gehörenden Pfarrbezirken statt. Wie Wilhelm Rahe vor Weihnachten mit den Kindern des Kindergottesdienstes Weihnachtslieder eingeübt hatte, so mühte er sich vor Ostern mit Osterliedern, wobei Küster Kuhlmann, wesentlich musikalischer als sein Pastor, gelegentlich eingriff, wenn es ihn nicht mehr auf der Bank neben seiner Katechumenengruppe[6] hielt. Die Kleinen freuten sich auf Ostern, zumal das Wetter zum Seilspringen und Rollerfahren reizte, die Tage wieder länger wurden und die Blumen zu blühen begannen. Daß die Kinder den Sinn des Osterfestes voll erfaßten, erwartete niemand, aber die Freude breitete sich aus, wie es dem damals oft gesungenen Kinderlied entspricht:

„Ostern ist heut.
Wir sind sehr erfreut,   .
weil der Herr Jesus Christ
heut auferstanden ist.

---

[6] Das 1. Jahr des kirchlichen, vom Pfarrer erteilten Unterrichts hieß Katechumenen-, das 2. und letzte Jahr Konfirmandenunterricht.

Schauet doch her,
das Grab ist leer.
Leben und Sieg ist da,
singet Halleluja!

Am Ostermorgen zogen alle Kinder des Kindergottesdienstes, von Pastor Wilhelm Rahe angeführt, in einem langen Zug feierlich in die Kirche ein. Die Jungen trugen dabei ein Blumensträußchen am Jackett, die Mädchen einen Blumenkranz im Haar.

Mani und Ilschen.
Ostern 1937.

Am Nachmittag mußten Ilschen und Mani und später auch die jüngeren Geschwister eine Weile in der

Küche bleiben, weil sie von dort aus nicht in den Garten sehen konnten, wo die Eltern bei einigermaßen günstigem Wetter die Eier versteckten – bis Mutter Ilse hereinkam mit den Worten: „Das Osterhäschen ist gesprungen!" Daraufhin stürzten die Kinder nach draußen, suchten und fanden unter lautem Jubelgeschrei die Osterüberraschungen. Auf einem der bunt angemalten Eier, die Mutter nach dem Suchen verteilte, fand jeder „seinen" Vers:

> „ Mani mit den Kulleräuglein
> kriegt ein Ei fürs dicke Bäuchlein."

Oder später zu Beginn des Krieges, als Mani sich als Heulsuse profiliert hatte:

> „Das Häschen hörte Schreckenstöne.
> Das war vom Luftschutz die Sirene.
> Doch eh es in den Keller fegt,
> hat`s schnell für Mani ein Ei gelegt."

Zu Pfingsten wurden Kirchplatz und Kirche mit Birkenzweigen und jungen Birken geschmückt. Wieder waren es Tage der Freude. Die Blumen blühten auf den Wiesen, ebenso Goldregen und Flieder, und da Mutter Ilses Geburtstag am 25. Mai in diese Zeit fiel, war er im Bewußtsein der Kinder mit dem Geburtstagsfest der Kirche verwoben. „Schmückt das Fest mit Maien, lasset Blumen streuen, zündet Opfer (= Kerzen) an!" Der Geist der Freude und des Staunens über etwas nicht Greifbares, aber dennoch Lebendiges und Erfahrbares breitete sich aus.

Diese regelmäßig wiederkehrenden Ereignisse erlebten die Kinder in jedem Jahr neu, und die Erinnerung an früher Erfahrenes weckte, wenn das Jahr sich rundete, um so größere Vorfreude. Daneben standen aber auch Begebenheiten, die sich so nicht wiederholten und die Mutter Ilse für die Kinder aufschrieb oder ihnen erzählte, als sie herangewachsen waren. Unter dem 20. 9. 1935 notierte sie: „Eines Morgens frühstückten Vater, Mutter und Ilschen wie gewöhnlich. Die Eltern waren längst fertig, aber Ilschen hatte nur Milch getrunken und noch nichts von ihrem „Brötchen mit Brutterbrot" gegessen. Mutter machte oben im Haus die Betten, und Ilschen trottete hinterher. Danach gingen sie gemeinsam wieder nach unten. Mutter wunderte sich, daß nichts mehr von dem Brötchen zu sehen war, denn die Zeit, in der Ilschen es gegessen haben konnte, war zu kurz. Sie suchte an verschiedenen bewährten Verstecken, Puppenwagen, Puppenbettchen und Nähmaschine, doch leider ohne Erfolg. Auch Vaters Suchen war vergeblich. Später in der Küche fragte Mutter wieder: `Sag doch mal, wo hast du das Brötchen gelassen?´ Da antwortete Ilschen, tiefsinnig durchs Fenster zum Himmel blickend: `Is weit, weit weggeflogen. Der liebe Gott hat`s gefressen.´ Nach drei Tagen fand sich das Brötchen in Mutters Papierkorb."

Als Ilschen etwas größer war, spielte sie oft mit der gleichaltrigen Nachbarin Hildchen Vieth im Sandkasten. Einmal waren ihren Puppen die innen angeklebten Augen in den Kopf gefallen. Da beteten sie: „Lieber Gott, hilf, daß uns die Augen nicht auch in den Kopf fallen." Nachts, wenn Ilschen und Mani aufwachten und den Spalt an der Balkontür nicht erkennen konnten, hatten sie Angst, daß ihnen die Augen in den Kopf gefallen seien.

Als Ilschen sich nicht allein anziehen wollte, sagte Mutter Ilse ihr, wenn Mani so groß sei wie sie, müsse sie das auch tun. Darauf Ilschen: „Warum ist Mani nicht zuerst geboren? Ich möchte kleiner sein!" Sie redete auch viel vom Sterben und sagte einmal zu ihren Eltern: „Wenn ich Vater bin und Mani Mutter, dann sollt ihr immer noch bei uns bleiben." Sie meinte nämlich, sie müsse Mani heiraten, und fürchtete sich am meisten vorm Predigen und vorm Rasieren. Wenn sie deswegen weinte, tröstete Mani sie, sang ihr etwas vor oder sagte ihr Verse aus der „Häschenschule" oder aus dem Bilderbuch „Kiek-in-die-Welt" auf, was die Kinder „auswendig vorlesen" nannten.

Zu ihrem dritten Geburtstag am 12. Juli 1937 bekam Mani eine hölzerne, außen gelb und weiß bemalte Kükenschaukel, eine Art Kasten, eingebaut zwischen zwei eiförmigen Wangen, auf denen je ein stark vergrößertes Küken zu sehen war, wie es gerade aus dem Ei schlüpft. Als die Kleine die Schaukel sah, setzte sie sich sofort hinein und schaukelte, schaukelte voll Entzücken. Ilschen fing an zu weinen: sie wollte doch auch einmal schaukeln. Da hatten die Eltern eine zündende Idee: „Heute haben wir ein Geburtstagskind und ein Geburtstagsschwesterchen. Ihr dürft beide schaukeln, erst Mani, dann Ilschen." Die beiden wechselten sich ab und schenkten in ihrer Begeisterung den schönen Dingen, die sonst noch auf dem Geburtstagstisch lagen, kaum Beachtung. Erst als die Mutter Manis Lieblingslied „Weil ich Jesu Schäflein bin …"[7] anstimmte, liefen sie schnell zu ihr und sangen kräftig mit.

---

[7] Weil ich Jesu Schäflein bin,
freu ich mich nur immerhin
über meinen guten Hirten,
der mich wohl weiß zu bewirten,
der mich liebet, der mich kennt
und bei meinem Namen nennt.

Unter seinem sanften Stab
geh ich aus und ein und hab
unaussprechlich gute Weide,
daß ich keinen Mangel leide,
und so oft ich durstig bin,
führt er mich zum
Brunnquell hin.

Dieses Lied mag für manchen süßlich oder unwirklich klingen. Tatsache aber ist, daß es Mani das Bild Jesu als des guten Hirten ins Herz malte, der sein Schaf führt und beschützt und ihm die volle Geborgenheit schenkt. Mani hielt das wie alles alltägliche Geschehen für selbstverständlich. Dadurch blieben ihr trotz häufiger Krankheit viele Ängste erspart.

Zwei Tage später, am 14.7., war Manis niedriger Geburtstagstisch ein wenig an die Seite gerückt und stand neben einem normal hohen Tisch, den die Mutter mit ein paar Geschenken und zwei Kerzen mit den Zahlen vier und eins und ebenfalls mit einem Geburtstagskuchen, diesmal für den Vater, geschmückt hatte. Die Kinder fanden die Geschenke für ihren Vater langweilig: ein Buch, Socken, ein Oberhemd, eine Krawatte, aber als sie Süßigkeiten entdeckten, die eigens für sie hingelegt worden waren, freuten sie sich, und Mani meinte nachdenklich: „Vater, haben wir beiden durcheinander Geburtstag? Freust du dich, daß du auch endlich Geburtstag hast?" Der Vater zögerte etwas mit der Antwort – offensichtlich freuten sich Erwachsene nicht so wie die Kinder an ihrem Geburtstag. Woran das wohl liegen mochte?

Überhaupt, manches, was Kindern Freude macht, verstehen Erwachsene nicht so recht. Wenn Ilschen und

---

Sollt ich denn nicht fröhlich sein,
ich beglücktes Schäfelein?
Denn nach diesen schönen Tagen
Werd ich endlich heimgetragen
in des Hirten Arm und Schoß.
Amen, ja, mein Glück ist groß!

Henriette Marie Luise von Hayn 1778

Mani zum Beispiel im Kinderzimmer oder auf dem Flur davor neben der großen Standuhr oder auch im „Kapellchen" spielten, dem mit hohen schwarzen Worpsweder Möbeln ausgestatteten Anbau des Wohn- und Kinderzimmers, der auf die Veranda und damit nach draußen führte, müssen sie plötzlich die Tür zur Veranda aufreißen, die wenigen Stufen in den Garten hinunterspringen und um den Rasen herumrennen. Es regnet und stürmt, die Haare wehen und werden naß, die Kleidung ebenfalls, das Gesicht ist so richtig frisch, und die Kinder sind glücklich – bis jemand aus dem Haus herbeistürzt und sie zurückholt. „Ihr habt nichts Warmes an und auch keine Mütze auf dem Kopf. Jetzt werdet ihr wieder krank," heißt es dann. Und tatsächlich, am Abend und am nächsten Tag stellt sich Fieber ein. Mani sieht von ihrem Bett aus die Mauersegler, wie sie im Zick-Zack-Flug an der Balkontür und am Schlafzimmerfenster vorbeijagen, und hört dem Krächzen der Dohlen zu, die im Marienkirchturm ihre Nester gebaut haben und die Früchte hoch oben im Birnbaum stehlen.

Ein andermal baut sie im Kinderzimmer ihr eigenes Haus, stellt Stühle, besonders die mit den hohen schwarzen Lehnen im Kreis aneinander, so daß die Sitze nach innen zeigen und jeder von ihnen sich gut als Raum des neu entstandenen Häuschens eignet. Davor kann man dann einzelne Tätigkeiten ausüben wie Puppenwickeln, Kochen und Bilderbücherangucken. Mitten im Spiel klettert Mani leichtfüßig auf einen Stuhl, erhebt sich über seine Lehne und schwebt durch das offenstehende Fenster über den Pastorenbrink und über die Marienstraße und die Stadt hinweg in ein helles Land ohne Nebel und Dunkelheiten, der Freude entgegen. Aber dann muß sie husten, ist sehr heiß, hat Luftnot – und liegt in ihrem weißen Gitterbett. Ach ja, nur die Vögel können fliegen! Schlimmer ist es allerdings, wenn sie vor ihrem Bett lauter Unrat und tote Vögel liegen sieht, wenn helle Blüten auf dunklem Hintergrund davonjagen oder wenn sie im Traum auf einem Kahn sitzt, der plötzlich ins Wasser fällt. Dann schreit sie vor Angst, aber ihre liebe Mutter streichelt und tröstet sie.

Mani und Ilschen.
Sommer 1937 auf dem Bahnsteig Bensersiel (?).

Den Sommerurlaub 1937 verbrachten Rahes gemeinsam mit den Großeltern Zänker auf Langeoog. Für die Rückfahrt schenkte die Großmama „den Lämmern"

45

zwei Püppchen in Liegestühlen, die gewöhnlich auf den Bahnsteigen aufgebaut wurden. Einmal sagte Mani: „Unsere Püppchen haben es doch gut." Dann umarmten sich Ilschen und Mani. Als sie so hin und her schunkelten, meinte Mani: „Und wir haben es so schlecht!" In diesem Augenblick lagen beide auf der Erde, eins lachend, eins heulend. – Ilschen hatte auf derselben Fahrt große Angst, daß der Zug im Dunklen den Weg nach Minden nicht fände.

Die einmal jährlich stattfindenden Reisen zu den Großeltern nach Breslau waren jedesmal ein Ereignis. Am späten Vormittag fuhr der Zug vom Mindener Hauptbahnhof ab. In Berlin hieß es umsteigen, und abends um halb elf traf die Familie, von Großvater Zänker an der Bahn in Empfang genommen, in der Gabitzstraße 118 ein. Zusammen mit Frieda, der Hausangestellten, hatte Großmutter alles für den Empfang ihrer Enkelkinder vorbereitet, und bevor diese zu Bett gebracht wurden, gab es als Erfrischung gezuckerte Blaubeeren mit Milch.

In Breslau wurde meist auf der Veranda gefrühstückt, und die Kinder spielten viel im Garten. Manchmal fuhren Mutter und Großmutter mit ihnen auch in die Stadt oder in den Zoo. Die Oma wußte so viel Interessantes zu erzählen, z. B. vom Küster der Magdalenenkirche, vom Glockenguß oder wie der hohe Turm der Elisabethkirche umstürzte und eine Katze unter sich begrub. Mutter Ilses sechs Jahre jüngere Schwester Marianne genannt Tante Fännlein, die die Frauenschule in Berlin besuchte, so wie Mutter das ursprünglich auch vorgehabt hatte, kam ab und zu nach Hause und arbeitete fleißig an ihrem Schreibtisch. Wenn Mani aber wieder einmal mit Bronchitis und Asthma zu Bett lag, führte sie im Schlafzimmer für die Kinder ein Kasperlestück auf. Onkel Waldi, neun Jahre jünger als seine älteste Schwester und heißgeliebt von seinen Nichten, spielte oft mit ihnen, machte seine Späße, reparierte Spielzeug und war zu allem zu gebrauchen.

Im Fremdenzimmer in Breslau, in dem Ilschen und Mani schliefen, hing ein großes Ölbild von Großvater, auf dem er vor einem blauen Vorhang sitzend dargestellt war. Vor diesem Bild fürchteten sich die beiden kleinen Mädchen. Wenn das Licht abends ausgeschaltet wurde, verkrochen sie sich unter die Decke. Fiel noch ein Lichtstrahl durch eine Fensterritze oder einen Türspalt, konnten sie die Umrisse dieses schaurigen Bildes erkennen, und mußten sie einmal aufstehen, hatten sie große Angst. Meist durchlebte jedes von ihnen dieses Grauen allein für sich, doch einmal kroch Mani zu Ilschen ins Bett, so daß die beiden sich gegenseitig Mut machen konnten. Während Ilschen eine Geschichte erzählte, die sie sich selber ausgedacht hatte, gab Mani ihr aus Versehen einen Puff mit dem Ellenbogen. Dabei stieß sie ihr einen Zahn aus, an dem Ilschen sich verschluckte.

Der Großvater war viel unterwegs, besuchte Pfarrer und ihre Gemeinden in ganz Schlesien, hielt Kirchenvisitationen und Sitzungen ab oder fuhr zum Oberkirchenrat nach Berlin. Es war die Zeit des Kirchenkampfs: Die sogenannten Deutschen Christen unter Reichsbischof Georg Müller versuchten, die evangelische Kirche mit dem nationalsozialistischen Regime gleichzuschalten. Künftig sollte nicht mehr die frohmachende Botschaft des Evangeliums, sondern der Wille Adolf Hitlers und seiner Gefolgsleute in ihr gelten. Da

47

hieß es wachsam sein und in aller Klarheit, aber auch mit der gebotenen seelsorgerlichen Liebe für die unverfälschte christliche Lehre einzutreten. Es gab viel zu beraten, zu klären und aufzuarbeiten. Aber wenn Großvater zu Hause war, war er trotz der schwierigen kirchlichen Situation, die ihn stark belastete, der ruhende Pol der Familie, immer freundlich, humorvoll und auf das Wohl der anderen bedacht.

Einmal trat er mit den Kindern auf den Balkon im ersten Stock des Hauses und guckte mit ihnen in den Garten und hinüber zu den rauschenden Pappeln. Ein Kuckuck rief. Die Kinder horchten. „Opa, wer hat denn die Kuckucke gemacht?" fragte Ilschen. „Gottvater. Er hat alles gemacht, was geschaffen ist." „Opa, habt ihr einen anderen Gottvater als wir?" Auf diese Frage hin verstand Großvater es, den Kindern mit wenigen Worten klarzumachen, daß ein und derselbe Gott die ganze Welt und jeden einzelnen Menschen darauf, ob er nun in Breslau, Minden oder anderswo lebt, und also auch Ilschen und Mani geschaffen hat und erhält. Da überkam die beiden Kleinen ein tiefes Glücksgefühl.

An irgendeinem Tag im Winter – Mani war inzwischen dreieinhalb Jahre alt – brachte ihre Mutter sie in den Kindergarten am Fischerglacis. Dort hing im Eingangsbereich ein großes Bild, auf dem viele, viele Kinder bei Jesus standen oder zu ihm gebracht wurden. Mani bekam wie jedes Kindergartenkind zu Hause eine Butterbrottasche umgehängt, die sie beim Eintritt in den großen Hauptraum abgeben mußte. Wenn die Kinder eine Zeitlang mit Puppen, Bauklötzen und anderem frei gespielt hatten, wurden die kleinen Stühle im großen Kreis aufgestellt, und die Kinder setzten sich. Die Helferin legte die „Buttertaschen" in die Mitte des Raumes, und Tante Emma, die Mani schon vom Kindergottesdienst her kannte, stimmte das Danklied an:

„Was nah ist und was ferne,
von Gott kommt alles her,
der Strohhalm und die Sterne,
das Sandkorn und das Meer.
Von ihm sind Büsch und Blätter
und Korn und Obst, von ihm
das schöne Frühlingswetter
und Schnee und Ungestüm.
Alle gute Gabe
kommt her von Gott dem Herrn,
drum dankt ihm, dankt
und hofft auf ihn!"

Danach klatschten alle Kinder in die Hände und riefen im Chor: „Bitte, Tante Emma, gib uns unser Butterbrot!" Fast alle von ihnen freuten sich, daß es etwas zu essen gab, nur Mani saß oft noch lange auf ihrem Stühlchen und kaute an den letzten Bissen. Nach dem Frühstück wurde gesungen, gebastelt, mit Knetgummi geformt, da wurden Fingerspiele gemacht und Geschichten erzählt. Tante Emma konnte ja so wunderbar erzählen, und auch wenn Mani einige der biblischen Geschichten beinahe schon auswendig hersagen konnte, hörte sie doch immer wieder gern zu. Bei schönem Wetter spielten die Kinder draußen im Sandkasten, fuhren Karussell, turnten am Reck oder saßen im „Zelt", einer einfachen überdachten Holzkonstruktion. Im Winter dagegen waren sie auf den großen Hauptraum und ein kleineres Nebenzimmer angewiesen, die gemeinsam durch einen riesigen eisernen Ofen geheizt wurden. War ein Kind ungezogen, hob Tante Emma, gegen das dicke Ofenrohr gewandt, den Arm und rief: „Nikolaus, hast du das gehört?" Tante Emma als Diakonisse trug eine große dunkelblaue Schürze mit kleinen mittelblauen Punkten darauf. Wenn im Herbst die Schnupfenzeit begann und ihre Schützlinge kein Taschentuch hatten, nahm sie ohne zu zögern ihre riesig erscheinende Schürze und wischte den Kindern die Laufnasen damit ab.

In der ersten Zeit wurde Mani jeden Morgen zum Kindergarten gebracht und mittags um zwölf Uhr wieder abgeholt. Später jedoch durfte sie allein gehen, nachdem Mutter Ilse sie durch das Eisentörchen an der nördlichen Hausseite, den Pastorenbrink hinunter und über die Marienstraße geführt hatte. Auf dem Rückweg mußte Mani warten, bis ihre Mutter sie unten auf der Marienstraße stehen sah und sie über die Straße holte. Ihre Kindergartenfreundin Gertrud Kuhlmann, eine Tochter des Küsters, die im Marienstift neben der Kirche wohnte, durfte dagegen den ganzen Weg allein gehen, obwohl sie ein paar Monate jünger als Mani war. Manchmal wartete sie aber auch mit ihr, und die zwei vertrieben sich die Zeit dadurch, daß sie im Juweliergeschäft an der Marienstraße Ecke Marienwall die Ohrringe betrachteten, die sie beide so gern gehabt hätten. Oder sie klopften beim Friseur an: „Onkel Sör, bringst du uns über die Straße?" Und der freundliche Mann nahm an jede Hand ein kleines Mädchen und führte sie sicher über die Straße.

Nach dem Mittagessen mußte Mani regelmäßig schlafen, während Ilschen, die Große, mit ihren sechs Jahren schon aufbleiben durfte. Einmal war Mani nach dem Mittagsschlaf offensichtlich schlecht gelaunt, wehrte sich, als sie aufstehen sollte, und wollte nur von ihrer Mutter angezogen werden. Die war aber nicht zur Stelle. Da lief Ilschen ins Kinderschlafzimmer, brachte zwei Eichkätzchen, Purzelmann und Rätzchen, aus dem Stofftiersortiment von Steiff und rief: „Wir haben ein Schwesterchen gekriegt, und das hat es uns aus dem Himmel mitgebracht!" Die kleine Erika war am 4. März 1938 geboren.

Mani und Ilschen mit Erika.
Frühjahr 1938.

Es kam die Zeit, in der die Soldaten häufiger als früher aus der Marienwallkaserne durch die Marienstraße und durch die Stadt marschierten. Meist stimmten sie dabei ein Lied an. Einmal hatte Mutter Ilse ihr Kleinstes im Kinderwagen auf die Veranda an die frische Luft gestellt. Plötzlich bogen wieder Soldaten, vom Marienwall kommend, in die Marienstraße ein und schmetterten:

„Auf der Heide blüht ein kleines Blümelein,
und das heißt: E - ri - ka!"

51

Das Blümchen Erika erschrak über den rauhen Gesang und fing an, jämmerlich zu schreien.

Mani und Ilschen.
Frühjahr 1938.

Mehr als an dem neuen Schwesterchen war Mani damals an der Tatsache interessiert, daß Ilschen zu Ostern eingeschult wurde, und zwar als sogenanntes i – Männchen in die Heideschule, die Bürgerschule II in Minden, keine fünf Minuten vom Marienkirchplatz entfernt. Mit Vater zusammen durfte sie vorher ihren Patenonkel in Paderborn besuchen. Er war unverheiratet und hatte nach Wilhelms Hochzeit dessen Haushälterin Katharina Dörr übernommen. Diese fragte Ilschen, was sie sich zum Mittagessen wünsche. „Erbsen mit Möhren, Kalbsschnitzel und Kartoffeln", war die umgehende Antwort. Ilschen bekam vom Patenonkel eine Schultüte und einen grünen Kinderschirm geschenkt. Im übrigen ahnte sie nicht, was auf sie zukam, sondern stellte sich die Schule (wohl in Analogie zur „Häschenschule") als einen Baum vor, um den die Kinder herumlaufen.

Von jetzt an mußte sie jeden Nachmittag Hausaufgaben machen. Als sie zum erstenmal ein „i" schreiben sollte, fiel ihr das nicht leicht, und Vater Wilhelm bemühte sich anfangs vergebens, es ihr beizubringen. Doch schon nach kurzer Zeit schrieb sie viel und gern. Fast alles, was sie sah und hörte, war neu für sie, und alles war interessant. Mit Mutter Ilse übte sie das Lesen aus der Fibel, vorwärts und rückwärts. Mani saß fast immer dabei, d. h. vor den beiden auf dem Fußboden, und hörte gespannt zu. Sie wollte ja auch bald in die Schule gehen und jetzt schon dafür üben. So lernte sie die Texte rasch auswendig und konnte ab und zu, wenn Ilschen nicht schnell genug war, ihr ein Wort vorsagen. Mutter Ilse erzählte das Fräulein Rügge, Ilschens heißgeliebter Lehrerin, die Mani daraufhin eines Tages in die Schule einlud. Die ganze Klasse staunte, und Ilschen war sehr stolz auf Mani, die neben ihr sitzend mit lauter Stimme „auswendig vorlas". In der Aufregung hatte sie zwar die Fibel verkehrt herum gelegt, sozusagen auf den Kopf, aber das merkten nur wenige, und die auch nur mit Bewunderung. – Mani mußte jetzt jeden Abend im Bett rechnen lernen. Nachmittags malte sie Buchstaben auf eine von Ilschens alten Schiefertafeln, denn Ilschen versuchte, ihr möglichst viel von dem beizubringen, was sie selbst lernte.

Manis Bronchialerkrankungen nahmen zu, so daß die Eltern sich entschlossen, sie in die „Kinderheilanstalt" nach Bad Salzuflen zu geben. Inzwischen war sie vier Jahre alt und genoß es, als Kleinste von den größeren Mädchen verwöhnt und bewundert zu werden. Leider brachten die Behandlungen nicht den gewünschten Erfolg, denn Mani hatte sich wohl schon zu Hause mit Keuchhusten infiziert und wurde nach kurzer Zeit wieder zurück nach Minden geholt, wo sie mehrere Wochen schwer krank lag. Doch sehr viel schlimmer erging es der kleinen Erika. Bei einem nächtlichen Keuchhustenanfall wäre sie auf dem Arm ihrer Mutter fast erstickt – Ilse war verzweifelt -, aber nach einer endlos scheinenden Pause folgte das typische Ziehen zum Luftholen, und das Kind kam wieder zu sich. Danach bekam es eine schwere Mittelohrentzündung. Die Eltern brachten es nach Bethel ins Kinderkrankenhaus, wo Dr. Gravemann ihm die Knochen hinter den Ohren aufmeißelte. Sicherlich wurde es von den Diakonissen liebevoll gepflegt, aber Mutter Ilse, die nicht in Bethel bleiben durfte, sondern wieder nach Hause fahren mußte, weinte viel in diesen Tagen.

Als die Ansteckungsgefahr wegen des Keuchhustens vorüber war und Mani wieder aufstehen durfte, besuchte sie wie früher den Kindergarten. Dort sangen bald viele Kinder ein neues Lied, das einen völlig anderen Inhalt hatte als alle Lieder, die ihnen Tante Emma bis jetzt beigebracht hatte. „Wo habt ihr dieses Lied nur her?" fragte Manis Patentante Änne Lohmann ihre Tochter Dorothee, die auch in den Kindergarten ging. „Von Mani," lautete die Antwort. „Sie hat es im Kinderheim gelernt." Das Lied lautete:

„Singend wollen wir marschieren
in die neue Zeit.
Adolf Hitler soll uns führen,
wir sind stets bereit.
Links und rechts und links und rechts
schaut so manches liebe Madel
aus dem Fenster raus –
Wir, wir, wir marschieren gradeaus."

Da die Kleinen den Text nicht verstanden, sangen sie: „... schaukelt manches liebe Madel aus dem Fenster raus..."

Ein- bis zweimal wöchentlich gingen Ilschen und Mani mit ihrer Mutter zur Kindergymnastik, die unten im alten Pfarrhaus an der Martinikirche stattfand. Die obere Etage wurde von Pfarrer Lic. Gerhard Dedeke und seiner Familie bewohnt. Der Weg dahin führte durch die Kampstraße und vorbei an der neugotischen Synagoge. An deren Stelle sahen die Kinder eines Tages nur noch einen rauchenden Trümmerhaufen. Von der „Kristallnacht"[8] ahnten sie nichts, zumal die Erwachsenen ihre Erschütterung über das Geschehene vor ihnen verbargen.

KRIEGSJAHRE

Im Sommer 1939 kamen Ilschen und Mani noch einmal in die Kinderheilanstalt nach Bad Salzuflen. Mani erkrankte an Scharlach und wurde in das sogenannte Gartenhaus gebracht. Sie blieb dort volle sechs Wochen und wußte nicht, daß ihr Vater Ilschen längst wieder nach Hause geholt hatte. Anfangs waren noch zwei kleine Jungen in Manis Alter im Gartenhaus, aber als die entlassen wurden, blieb Mani als einziges Kind zurück. Trotzdem wurde ihr die Zeit nicht lang, denn für draußen hatte sie einen Ball, der zu immer neuen Spielen anregte, und wenn sie zu Bett liegen mußte oder des Regens wegen nicht nach draußen laufen

---

[8] Judenpogrom am 9. November 1938.

konnte, beschäftigte sie sich mit dem wenigen, was sie zum Spielen und Erforschen vorfand.

In Salzuflen erlebte sie den Kriegsanfang. Oft verbrachte sie zusammen mit den erwachsenen Patienten mehrere Nachtstunden in einem großen Luftschutzkeller. Dort lief das Radio in voller Lautstärke und übertrug Reden von Hitler oder Propagandaminister Goebbels und das Gebrüll ihrer Anhänger. Die Wiese vor dem Gartenhaus wurde mit weißen und roten Backsteinen so ausgelegt, daß das Zeichen des Roten Kreuzes entstand, und Mani erfuhr, daß Deutsche und Engländer sich gegenseitig verpflichtet hatten, überall da, wo das rote Kreuz auf weißem Grund auftauchte, mit Rücksicht auf die Kranken, die sich dort befinden würden, auf Angriffe zu verzichten – was aber leider nicht eingehalten wurde.

Nach ihrer Heimkehr bemerkte Mani, daß die Eltern dadurch, daß sie ein Radio, einen sogenannten Volksempfänger, besaßen, in der Lage waren, politische Reden zu hören und politische Ereignisse zu verfolgen. Manchmal luden sie Mitarbeiter aus der Gemeinde zum Mithören ein, z. B. aus dem Evangelischen Vereinshaus am Marienwall, zu dem auch eine „Herberge zur Heimat" für Nichtseßhafte gehörte. Hitler, Goebbels, Fritsche – deren Stimmen ertönten am häufigsten. Neu war außerdem, daß abends und nachts alle Fenster verdunkelt werden mußten und daß man da, wo das nicht möglich war, etwa auf der Veranda oder im großen Treppenhaus, kein Licht mehr einschalten durfte.

Und wieder ging Mani jeden Tag, wenn sie nicht gerade mit fiebriger Bronchitis zu Bett lag, in den Kindergarten. Der war mittags um zwölf Uhr zu Ende. Während die Mittagsglocken der Marienkirche noch läuteten, brachten Tante Emma und ihre Helferin einen Teil der Kinder ein Stück des Wegs über die Goebenstraße nach Hause. Nur selten blieb ein Kind über Mittag oder auch am Nachmittag im Kindergarten zurück.

An einem Mittag im Oktober holte Mutter Ilse Mani wie gewöhnlich über die Marienstraße nach Hause ab. Die gute alte Tante Reimann, die unten in der Marienstraße wohnte und immer dann, wenn die Familie einen Ausflug machte oder sonst abwesend war, das Haus und das Telefon hütete, gesellte sich dazu und lud Ilschen und Mani für den Nachmittag zu sich ein. Da waren sie gut beschäftigt, backten „Großvater im Schlafrock" – einen mit Kuchenteig umhüllten Apfel – und wollten, als sie nach Hause kamen, sofort zu ihrer Mutter. Doch die war nicht erreichbar. Stattdessen wurden die beiden, die an diesem Abend besonders ungezogen waren, von den Hausmädchen Frieda und Waltraud zu Bett gebracht. Sie schwätzten noch etwas miteinander und schliefen ruhig ein. Plötzlich um viertel nach neun ging das Licht an, und der Vater trat ins Zimmer. „Ihr habt ein Brüderchen bekommen. Es heißt Hans-Wilhelm!" Am nächsten Morgen durften „die beiden Großen" Mutter Ilse im Elternschlafzimmer besuchen. Vor dem Fenster stand wie schon früher nach Eris Geburt das Babykörbchen mit einem winzigen Menschlein darin. Am Fußende auf dem Kissen lagen zwei Puppen, eine in einem rosa und eine in einem hellblauen Steckkissen – für die beiden großen Schwestern. Ilschen schrieb damals voller Stolz an die Großeltern in Breslau: „Wir sind drei Kinder und ein Junge."

Erika, Ilschen mit Hans-Wilhelm auf dem Arm und Mani.
Anfang 1940.

Hans-Wilhelm wurde in späterer Zeit meist Hansi genannt, aber zunächst als einziger Sohn in der Familie Brüderchen, was er selber in Ülli oder Lülli umformte. Wie seine älteren Schwestern spielte er gern mit Puppen, vielleicht sogar noch intensiver als sie. Allerdings hielt er sich nicht damit auf, die Puppen an- und auszuziehen und zu kämmen, sondern setzte sich selber Puppenkleider als Mütze auf den Kopf, legte die Puppen in den Puppenwagen und fuhr so schnell wie möglich mit ihnen um den großen Eßtisch. Sehr gern hatte er auch Bilderbücher und besonders ein Leporello, das er fast immer mit sich herumtrug. Es enthielt Darstellungen von Schnorr von Carolsfeld zu biblischen Geschichten. Wahrscheinlich waren die von ihm geliebten Bücher der Grund dafür, daß er abends betete: „Breit aus die Flügel beide, o Jesu, meine Freude, und nimm dein Büchlein ein…" Außerdem baute er gern Soldaten auf. Wenn er etwas anderes zum Spielen suchte, saß er oft stundenlang auf dem Flur vor dem Spielschrank, zog ein Spielzeug nach dem anderen heraus und fragte: „Wen hört das, Mutter?" Hieß es dann: „Das gehört Itle, Mani, Eri", fing er an zu heulen, legte es beiseite, nahm das nächste Teil und fragte wieder. Aber damit haben wir schon ein paar Jahre vorgegriffen.

Der Krieg dauerte nun schon zwei Monate. Die Männer wurden gemustert und, wenn für kampftauglich gehalten, zum Kriegsdienst eingezogen. Wilhelm Rahe war wegen einer Kriegsverletzung, die noch aus dem Ersten Weltkrieg stammte, vom Wehrdienst befreit. In den Schulen sammelten die Kinder Altmaterial und mußten regelmäßig zwanzig Pfennig Lehrmittelbeitrag mitbringen. Nachdem Ilschen im zweiten Schuljahr zu wiederholten Malen das Geld vergessen hatte, war die Geduld des Herrn Schwarz zu Ende. Als Entschuldigung sagte Ilschen, wie sie es von anderen Kindern gehört hatte: „Mein Vater mußte in den Krieg, da hatte meine Mutter kein Geld." Daraufhin legte Herr Schwarz das Geld aus seiner Tasche aus.
Mani kannte Ilschens ganze Klasse schon vom ersten Schuljahr an. Als Ilschen das dritte Jahr zur Schule ging, schleppte sie ihr oft das vergessene Altmaterial – ausgekochte Suppenknochen, Altpapier, Metallreste usw. – in die Schule nach. Dann durfte sie sich bis zum Ende der Schulstunde neben Ilschen setzen oder vorne bei Fräulein Voßmeier stehen und der Klasse etwas vorsingen. Meist sang sie, was sie bei Tante Emma im

Kindergarten gelernt hatte. Als sie einmal sang: „Im Garten steht in Schnee und Eis ein kleines Tännlein grün und weiß...", haben ein paar Kinder gelacht, so daß Mani sich schämte.

Die große Schwester hatte schon früh auf dem Klavier, auf der Mundharmonika und auf der Blockflöte Melodien gespielt. Mani war zu ihrem Kummer bei ihren Versuchen über „Alle meine Entchen..." sowie die Anfangstöne des Flohwalzers nicht hinausgekommen. Nun bekam Ilschen etwa gleichzeitig mit ihrem älteren Vetter Hans Eberhard Menges aus Hartum bei Eva Engeling in der Kampstraße Klavierstunden und übte – mehr oder weniger intensiv – auf einem neuen Kleinklavier. Sie lernte auch auf der Blockflöte nach Noten zu spielen und bekam hierzu wie zu manchem anderen die meisten Anregungen bei Tante Pook in der Bibelschar. Die fand einmal wöchentlich am Nachmittag im großen Kindergartenraum am Fischerglacis statt. Zu gern wäre Mani mit dahingegangen, aber es hieß: „Du bist noch zu klein, du kannst ja noch nicht lesen!" Als alles Bitten und Betteln nichts half, verbündete Mani sich mit ihrer damaligen Kindergartenfreundin Hilde Wollenhaupt. Die beiden fragten, ob sie beim Putzen des Kindergartens helfen und danach, wenn sie versprächen, ganz still zu sitzen, unten am Tisch zuhören dürften. Das rührte Tante Pook, und sie ließ die beiden und später noch ein paar andere kleine Mädchen regelmäßig mit dazukommen. Diese Nachmittage waren die schönsten für Mani. Sie lernte viele Lieder, hörte viele Geschichten und durfte unter fachkundiger Anleitung basteln und malen, noch ehe sie in die Schule kam.

Elisabeth Pook in späteren Jahren (1949) bei einem Morgen-
spaziergang an der Weser, neben ihr Ilschen, hinter ihr Mani.

Mutter Ilse las ihren Kindern gern Bilderbücher vor,
auch die Märchen der Brüder Grimm und bevorzugte
am Sonntagnachmittag die große Bilderbibel von
Schnorr von Carolsfeld, obgleich die beiden Kleinen,
Eri und Hansi, vermutlich noch wenig davon verstanden. Aber die beiden Großen Ilschen und Mani konnten
die alten Geschichten aus der Bibel immer wieder hören, weil sie einem Kraft geben und voller Geheimnisse
stecken, die man, wenn überhaupt, nur nach und nach
erfassen kann. „Das ist wie mit dem Königskind, das
jeden und jeden Tag ins Brunnenhaus seines Vaters
geht, um frisches Quellwasser zu schöpfen," sagte die
Mutter. „Welches Königskind?" fragte Ilschen verwun-
dert. „Vor langer, langer Zeit," erzählte Mutter Ilse,

„reiste ein großer König in einer goldenen Kutsche durchs Land. Da sah er am Rande des Weges ein hustendes, frierendes Kind in zerlumpter Kleidung stehen, das bettelnd die mageren Ärmchen ausstreckte. Der König ließ die Pferde anhalten, das Kind von seinen Dienern zu sich in den Wagen bringen und, da es bitterkalt war, in eine warme Decke hüllen. Im Schloß angekommen, befahl er, das Kind gut zu versorgen und zu pflegen, bis es ganz gesund sei, und ihm schöne neue Kleider anzuziehen. Er selber guckte jeden Tag nach ihm und brachte jedesmal einen Krug frisches Wasser aus dem Brunnenhaus mit. Das Kind konnte es kaum fassen, daß es plötzlich ein völlig anderes Leben führen durfte als bisher. Womit hatte es das verdient, daß der große König so gut zu ihm war? `Ich bin doch nur ein armes Bettelkind,` sagte es. `Nein,` erwiderte der große König, `du bist jetzt mein Kind, ein Königskind, und weil ich dein Vater bin, darfst du jeden Tag bei mir sein.`

Als das Königskind groß war, wollte es allen Leuten im Land erzählen, wie gütig sein Vater, der König, sei. Jeden Morgen, bevor es sich auf den Weg machte, füllte es seinen Krug mit Quellwasser aus dem Brunnenhaus, um es den Durstigen und Kranken zu bringen. Der große Krug mit dem klaren Quellwasser war ihm keine Last, sondern beflügelte seine Schritte. Die Menschen, zu denen es kam, freuten sich jedesmal, wenn sie von dem gütigen König hörten, und viele, die das köstliche Wasser tranken, wurden gesund und stark. Manchmal unternahm das Königskind weite Wege und war hundemüde, wenn es abends das Brunnenhaus wieder erreichte.

Immer häufiger sah es unterwegs andere Quellen und Brunnen, aus denen die Leute schöpften, und schließlich kostete es auch einmal von dem fremden Wasser. Das schmeckte einigermaßen gut, war aber doch nicht so frisch und rein wie das Quellwasser des Königs. Am Ende hinterließ es einen bitteren Nachgeschmack.

Nachdem das Königskind sich eines Tages in einer besonders schönen Gegend lange aufgehalten hatte, verspürte es keine Lust mehr, noch am gleichen Abend zum Vaterhaus zurückzukehren, und blieb über Nacht bei Freunden. Am nächsten Morgen füllte es seinen Krug mit Wasser aus deren Brunnen und zog wieder seines Weges. Jedoch schon bald wurde ihm der Krug mit dem fremden Wasser so schwer, daß es ihn kaum noch schleppen konnte. Auch an diesem Tag freuten sich die Leute, als das Königskind zu ihnen kam, aber das Wasser schmeckte ihnen nicht, und das Königskind selber ermüdete viel schneller, als das an anderen Tagen der Fall gewesen war. Darum scheute es den weiten Weg zurück zum Vater und legte sich wieder bei Freunden zum Schlafen nieder. Doch seltsam, es fand keine Ruhe. In der Nacht war es ihm, als träte der Vater an sein Bett und fragte: `Wo ist dein Krug? Warum bist du nun schon zwei Nächte nicht nach Hause gekommen, obwohl niemand dich so liebhat wie ich? Weißt du nicht, daß ich auf dich warte?` Da weinte das Königskind, und von seinem Weinen erwachte es. Es drückte den leeren Krug fest an sich, aber er kam ihm viel schwerer vor als sonst, wenn er mit frischem Quellwasser gefüllt war. Noch vor Morgengrauen machte das Königskind sich auf den Heimweg, und wenn es auch den leeren Krug kaum noch tragen konnte, lief es doch, so schnell es konnte, nach Hause. Der Vater, der die ganze Zeit über gewartet hatte, erspähte sein Kind vom Turm der Burg aus. Er lief ihm das letzte Stück des Weges entgegen, umarmte und küßte es und war glücklich, es wiederzuhaben. – Glaubt ihr," fragte Mutter Ilse ihre gespannt lauschenden Töchter, „daß das Königskind später noch einmal zu träge war, abends zum Vater zurückzukehren? Ich hoffe, das war ihm eine Lehre für immer."

Der Winter 1940/41 war besonders lang und kalt. Nachdem die große Zentralheizung des Pfarrhauses völlig versagt hatte, waren die Eltern froh, daß die wichtigsten Räume inzwischen mit einem Ofen versehen waren. Früh am Morgen wurden die beiden Dauerbrenner im Kinder- bzw. Wohnzimmer und im Studierzimmer angeheizt, und Mutter Ilse zog zum Schlafen mit allen vier Kindern in das sogenannte Eßzimmer um, in den großen Raum, der mit dem Kinderzimmer durch eine doppelte Schiebetür verbunden und der eigentlich festlichen Mahlzeiten und größeren Einladungen vorbehalten war. Aber er hatte einen Ofen, der nachts durchgeheizt werden konnte. Nun standen dort zwischen den guten Kirschbaummöbeln alle Kinderbetten und Mutter Ilses Bett, und es war heimelig und gemütlich. Alle vier Kinder durften in einem Raum zusammen schlafen. Abends lernten sie bei ihrer Mutter ein neues Lied, nämlich das schöne Abendlied von Matthias Claudius: „Der Mond ist aufgegangen…"
Hinter den Türen zum Flur und zur sogenannten Anrichte war es bitterkalt. Das riesige bunte Jugendstilfenster im breiten Treppenhaus war nicht isoliert und lag noch dazu nach Norden ebenso wie die Fenster der

Anrichte, der Küche und des Gangs, der Küche und Anrichte miteinander verband. Zwar hatten die großen Räume im Erdgeschoß Doppelfenster, aber trotzdem froren die Wasserleitungen im Haus neun Wochen lang ein, und auch die Küche mit ihrem Terrazzofußboden wäre eisig kalt gewesen, hätte man nicht den guten alten Kohleherd gehabt, der neben dem Gasherd stand. Das Wasser wurde in großen Eimern und Wannen aus dem Marienstift geholt, und die arme Daja oben im Haus fror so sehr, daß sie am liebsten auf ihrem Ofen gesessen und geschlafen hätte. Immerhin gab es Eierkohlen und Briketts, die in großen Haufen im Kohlenkeller unter dem Studierzimmer lagerten und eimerweise nach oben transportiert wurden.

Die beiden Großen überkamen Glücksgefühle, wenn sie vor dem Einschlafen merkten, daß ihre Mutter nebenan im Kinderzimmer geheime Vorbereitungen für Weihnachten traf. Nähte sie vielleicht Puppenkleider für die große Babypuppe Strampelchen, die Mani zu ihrem sechsten Geburtstag bekommen hatte, oder für Ilschens von Mutter geerbte Porzellanpuppe Mariannchen mit den echten hellen Haaren? Der Ofen im Schlafraum knisterte, alles war voller Geheimnisse.

Tagsüber wurde viel gerodelt. Der Pastorenbrink hatte nur eine ganz kurze Bahn, weswegen das Fischerglacis viel mehr lockte. Die Straße war für Autos oben von der Marien- bis unten zur Goebenstraße gesperrt, und auch im Glacis selbst konnte man mit dem Schlitten zwischen den Bäumen hindurchsausen.

Oftmals wurde Wilhelm Rahe zur Geheimen Staatspolizei gerufen, oder es kamen Fremde, die sein Zimmer durchsuchten, doch danach geschah nichts Auffälliges. Allerdings wurde ihm der Lehrauftrag für Westfälische Kirchengeschichte entzogen. Er durfte auch keinen Hebräischunterricht mehr erteilen, was die Kinder aber erst sehr viel später erfuhren. Jedoch sein Amtsbruder Gerhard Dedeke an der Martinikirche, mit dessen Frau und Kindern sie zum Kinderturnen und zum Spielen häufig zusammengekommen waren, war plötzlich mit seiner ganzen Familie nicht mehr da. Er war weit weg nach Bochum-Dahlhausen versetzt worden, so daß Rahes und Dedekes sich nicht mehr gegenseitig besuchen konnten.

Eines Tages, als auch der letzte Vikar, Erwin Stratemann aus Bielefeld, zur Wehrmacht eingezogen worden war, wurde das über der Küche gelegene Vikarszimmer als Kinder- und Wohnzimmer hergerichtet. In dieser Zeit entdeckte Mutter Ilse voller Entsetzen Läuse in Ilschens Haaren. Sie hatte in der Schule vor der kleinen „Zigeunerin" Elisabeth Müller gesessen und sich vermutlich bei ihr angesteckt. Nun setzte Mutter Ilse ihr mehrmals eine Läusekappe auf und kämmte ihr langes Haar ebenso wie das ihrer Geschwister mit einem „Niskakamm" sorgfältig aus. Zur gleichen Zeit sah man viele kleine Mädchen, deren Mütter sich offenbar nicht so viel Mühe machten wie Mutter Ilse, mit geschorenen Köpfen herumlaufen, was die Bekämpfung der Läuseplage vereinfachte.

Irgendwann kam der ersehnte Tag, an dem die Wasserleitungen auftauten und die Toilettenspülungen wieder funktionierten. Freudig lief die dreijährige Eri ihrer aus der Schule kommenden Patentante entgegen: „Daja, wir können wieder ziehen!"[9] Allerdings waren auch einige Rohre geplatzt, so daß Mutter Ilse und die Mäd-

---

[9] D. h. die Toilettenspülung benutzen.

66

chen das Wasser im Treppenhaus eimerweise weg-
schaufeln und wegwischen mußten.

Inzwischen hatten sich die Spiele der Kinder weitgehend verändert. Wenn Vetter Wolfgang, in Manis
Alter, mit Vater, Mutter, Großmutter und Schwesterchen aus Bielefeld kam, spielte man zu dritt „Krieg“:
Deutschland gegen England, England gegen Frankreich, Frankreich gegen Deutschland. Ilschen, Mani
und Wolfgang, jedes ein Land vertretend, hüpften mit
verschränkten Armen auf einem Bein und versuchten
unter lautem Geschrei, vor dem Klein-Ingrid zu den
Erwachsenen floh, das andere „Land“ zu Fall zu bringen. Beim Besuch von Kindern aus der Nachbarschaft
wurde mit Vorliebe „Fliegeralarm“ gespielt: Ein Kind
setzte oder stellte sich so vor den großen Eßtisch, daß
es mit beiden Fäusten gut darauf lostrommeln konnte,
und ahmte das Heulen der Luftschutzsirenen nach. Daraufhin sprangen die anderen, die bisher mit Puppenwagen, Schubkarre oder ähnlichem herumgefahren waren, mit Geschrei unter den Tisch. Sofort ging über ihren Köpfen ein Bombenhagel los, der erst wieder mit
dem Entwarnungston der Sirene ein Ende fand.

Der Tag, an dem Mani in die Schule kommen sollte,
rückte näher. Stichtag für den Schulanfang war der 30.
Juni. Da Mani sehr zart und gesundheitlich anfällig
war, beschlossen die Eltern, sie als Julikind nicht vorzeitig, sondern erst Ostern 1941 in die Schule zu schi-
cken. Aber gerade in diesem Jahr wurde der Anfang des
Schuljahrs von Ostern auf den Herbst verlegt, so daß
Mani im Alter von sieben Jahren und knapp zwei Monaten eingeschult wurde. Da sie schon fast lesen und
etwas rechnen konnte, setzte Martha Beune, die Klas-

senlehrerin, sie zwischen zwei Mädchen, die schwer lernten, damit sie sie etwas unterstützte. In der Klasse waren auch Sintis und sogenannte Buttcher, denen das Lernen nicht gerade leicht fiel und die Fräulein Beune viel Mühe machten. Da war z.B. die kleine Gertrud, die wenig oder nichts vom Unterricht mitbekam und die deswegen in die „Hilfsschule" wechseln sollte. Aber bevor es so weit war, saß sie eines Tages vor Mani und spielte voller Freude mit einem neuen roten Bleistift. Mani dachte, es sei ihrer, und nahm ihn ihr weg. Daraufhin wehrte Gertrud sich und wollte ihn wiederhaben. Fräulein Beune fragte Mani: „Ist das deiner?" Mani nickte und bekam den Stift, Gertrud aber weinte. Als Mani sich ihn genauer ansah, stellte sie fest, daß er ihr doch nicht gehörte, aber sie zögerte, ihn Gertrud wieder hinzulegen, weil es dann erneut Unruhe gegeben hätte und Fräulein Beune wahrscheinlich ärgerlich geworden wäre. Mani wollte den Stift irgendwann später der kleinen Gertrud heimlich wieder zuschieben, aber da befand sich Gertrud schon nicht mehr auf der Heideschule. Von dieser Zeit an hatte Mani oft ein beklemmendes Gefühl oder auch ein schlechtes Gewissen. Sie sah die kleine, bitterlich schluchzende Gertrud vor sich, der von vornherein niemand glaubte, was sie sagte, und die von ihr, Mani, noch tiefer niedergedrückt worden war. Was konnte Gertrud dazu, daß sie „dumm", und womit hatte Mani es verdient, daß sie ihr geistig überlegen war? Überdies hatte Mani Fräulein Beune belogen, anfangs zwar nicht mit Absicht, aber sie hatte aus Feigheit nachträglich auch nichts mehr richtiggestellt. Immer wieder fiel diese Begebenheit Mani schwer auf die Seele, aber sie fand nicht den Mut, mit jemandem darüber zu sprechen.

In Manis Klasse ging auch Ulrike von Oeynhausen, Tochter des Regierungspräsidenten Adolf Freiherr von Oeynhausen. Sie war auffallend gut gekleidet und genoß als „Patenkind des Führers" und Tochter einer Mutter, die, so die Fama, in der Silvesternacht mit dem „Führer" Adolf Hitler telefonierte, besonderes Ansehen. Ilschen und Mani spielten manchmal nachmittags im Regierungsgebäude am Weserglacis mit ihr. Eines Tages war Ilschen schon vorgelaufen. Mani, die in ihrem Spielschürzchen fröhlich hinterher trabte, machte wie auch sonst zur Begrüßung einen Knicks und wollte Herrn von Oeynhausen, der in der hohen Eingangshalle saß, die Hand geben. Daraufhin gebot er ihr, es so zu machen wie ihre große Schwester vorher. Mani verstand nicht, was gemeint war, und mußte deshalb noch einmal zurück an die Tür gehen, strammstehen, den Arm heben und „Heil-Hitler" sagen. Eigentlich hätte sie es gleich beim Eintreten von sich aus tun müssen, so die Meinung des alten Herrn. Schließlich wurde ja auch jede Schulstunde mit diesem Gruß begonnen und beschlossen, und wenn Schulkinder ihre Lehrer oder Lehrerinnen außerhalb des Schulgeländes trafen, hatten sie ebenfalls den Arm zu heben.

Im Sommer vor Manis Einschulung waren die Kinder zum letztenmal bei den Großeltern in Breslau, denn im Frühjahr danach erkrankte Hansi an Scharlach, und einige Zeit später, nachdem er sechs Wochen auf der Isolierstation des Mindener Krankenhauses gelegen hatte, kamen Ilschen und nach zwei Tagen Mani ebenfalls mit Scharlach dorthin. Als sie endlich nach sechs Wochen entlassen wurden und die Familie acht Tage später in Haus Waldfrieden bei Horn in Lippe Ferien machen wollte, wurden Hansi und danach Eri mit Diphtherie ins Detmolder Krankenhaus gebracht. Der Rest der Familie reiste wieder nach Hause ab. Anschließend stellte man bei Mani Diphtheriebazillen fest, und zwei Tage später lag sie mit ihrer Mutter, die schwer an Diphtherie erkrankt war, zusammen in einem Zimmer auf der Isolierstation. Nur Ilschen und ihr Vater waren diesmal verschont geblieben. Es war August, die Pflaumen im Krankenhausgarten wurden reif, und der Sommer neigte sich dem Ende zu. Auch andere Kinder, ebenfalls Bazillenträger, spielten mit Mani im Garten und aßen von den Pflaumen, aber als Mutter Ilse entlassen wurde und Mani immer noch im Krankenhaus bleiben mußte, schmeckten ihr die Pflaumen nicht mehr. Nach weiteren zweieinhalb Wochen durfte sie endlich auch nach Hause, und ein paar Tage später fing das zweite Schuljahr an.

Zu seinem Geburtstag am 16. Oktober bekam Hansi von Tante Pook eine nicht allzu große dunkelblaue, selbst hergestellte Karte mit ein paar Sternbildern, z. B. dem des Großen Wagens, geschenkt. Die Sterne waren aus phosphorizierendem Papier geschnitten und leuchteten bekanntlich besonders intensiv, wenn man sie vorher gegen eine Lampe gehalten hatte. Der Kleine war fasziniert und trug die Karte immer mit sich herum. Plötzlich interessierten sich auch die großen Schwestern für die Sternenwelt. In der Bibelschar hörten sie, wie wunderbar Gottes Schöpfung ist, wie unendlich das Weltall und wie winzig klein der Mensch, der auf der Erde lebt. Und dennoch, sagte Tante Pook, gilt gerade ihm Gottes Liebe. Das übersteigt alle Vorstellungen. Tante Pook konnte darüber nur staunen, aber es erklären, das konnte sie nicht. Sie gab mehrfach zu verstehen, daß sie sich kaum etwas so sehr wünsche wie zu erfahren, wie Gott der Schöpfer das Weltall und die Sternenwelt zusammenhält. Sie hoffte darauf, nach dem Tod, vielmehr nach ihrer Auferstehung einen Blick in Gottes Werkstatt tun zu dürfen.

Es begann die Zeit, in der die Schulmädchen Poesiealben tauschten und sich gegenseitig „zur freundlichen" oder „zur bleibenden Erinnerung" Verse hineinschrieben: „Edel sei der Mensch, hilfreich und gut,
denn das unterscheidet ihn
von allen Wesen, die wir kennen."
„Sei immer treu und edel
und bleib ein deutsches Mädel."
„Ich will, das Wort ist mächtig.
Ich soll, das Wort wiegt schwer.
Das eine spricht der Diener,
das andre spricht der Herr."
„Ehre dein Mutterherz,
solang es schlägt.
Wenn es gestorben ist, ist es zu spät."
„Unter Rosen und Narzissen
fließ dein Leben sanft dahin.
Jesus sei dein Ruhekissen,
Maria deine Begleiterin."
„Rosen, Tulpen, Nelken,
alle Blumen welken,
aber meine Liebe nicht."
„Sei wie das Veilchen im Moose,
so sittsam, bescheiden und rein
und nicht wie die stolze Rose,
die immer bewundert will sein."

„In Sturm und Wetter
sei Gott dein Retter."
Natürlich gab es noch viele andere beliebte Sprüche.
Man schrieb sie auf die rechte Seite des Poesiealbums
und klebte gern noch Lackbildchen dazu. Oft stand auf
der linken Seite davor:

In   allen

          soll Liebe
          stecken

     vier   Ecken

Auf die ersten Seiten des Büchleins schrieben meist
Eltern, Großeltern, Geschwister, andere Verwandte und
Lehrer. Mani hätte auch gern solch ein Poesiealbum
geführt, aber ihre Mutter fand das unnötig, und darum
unterblieb es. Wenn sie aber Lackbilder brauchte, entweder für sich selber, zum Tauschen oder zum Einkle-
ben in Poesiealben, trug sie ihr bescheidenes Taschen-
geld zu Ernst Schander und seiner Tochter Tilly an der
Hufschmiede. Bei ihnen fand sie immer etwas, was sie
gern leiden mochte. Damit entfielen weithin die Mini-
einkäufe, die sie früher in der Christlichen Buchhand-
lung im Vereinshaus bei Ada Spengemann getätigt hatte, wenn sie den Eltern oder Geschwistern zu Weihnachten etwas schenken wollte.
　　Die Schularbeiten erledigte Mani meist sehr schnell,
doch kam es auch vor, daß sie morgens um viertel vor
acht mit Schrecken feststellte: „Ich habe meine Rechenaufgaben vergessen!" Mutter Ilse erbarmte sich

und diktierte ihr ins Heft, was sie zu schreiben hatte. Danach holte die gute Mutter ihr Fahrrad aus dem Keller und fuhr ihr Töchterchen in die Schule, so daß es gerade noch rechtzeitig ankam. Am nächsten Tag ereignete sich das Gleiche: Mani hatte am Vortag intensiv gespielt und ihre Rechenaufgaben nicht gemacht. Ihre Mutter wollte ihr eine Lehre erteilen und schickte sie diesmal ohne Hausaufgaben in die Schule. Zu Hause fragte sie dann: „Bist du drangekommen?" – „Ja." – „Was hast du denn da gemacht?" – „Ich habe aus der Luft vorgelesen."

Nachmittags oder auch nach der Schule spielten die Kinder gern mit den Nachbarskindern auf dem Marienkirchplatz. Seilspringen, Hinkelpott, Lauf- und Ballspiele waren sehr beliebt. Da waren Hildchen, Heidi und Mariannchen Vieth, alle drei im Alter von Ilschen, Mani und Eri, und Gerda Slotalla aus dem Marienstift sowie die Töchter des Küsters, Martha und Gertrud Kuhlmann, die noch zwei große und eine kleine Schwester und einen Bruder hatten.

Das Marienstift vom Hauseingang Marienkirchplatz 3 aus gesehen.

Während des Mittelalters war nämlich in der Nähe der heutigen Wittekindsburg ein Benediktinerinnenkloster gegründet worden, das man sehr bald neben die Marienkirche verlegte. Es wurde schon früh in ein Damenstift für unverheiratete Frauen der Stadt umgewandelt, die nicht wie andernorts als Nonnen in Klausur lebten und die nach der Reformation zum evangelischen Glauben übertraten. Später wurde das Marienstift von verschiedenen Familien, auch der des Küsters, bewohnt.

Die Wohnung von Gerda und ihren Eltern kannten die Kinder nicht von innen, aber sie hörten Gerdas Mutter abends vom Fenster aus ihre Tochter nach Hause rufen. Weil man bei Kuhlmanns immer guter Dinge war und es dort so viele Kinder gab, ging Mani besonders gern zu ihnen. Die Küsterwohnung lag im ersten Stock des Marienstifts im Ost-West-Flügel. Man mußte eine knarrende Holztreppe hinaufsteigen und gelangte über den schmalen Wohnungsflur in die große Wohnküche, in der sich das Leben abspielte und deren Fenster zum Kirchplatz ausgerichtet waren. Links neben dem Fenster hing der große Schaltkasten, von dem aus die Glocken geläutet wurden. Zur Wohnung zählten noch drei weitere Räume: ein großes Kinderschlafzimmer, das später in zwei Kammern geteilt wurde, das Elternschlafzimmer und das zur Hufschmiede hin gelegene Wohnzimmer, in dem Mani Frau Kuhlmann besucht hatte, nachdem Elisabeth, die Jüngste, geboren worden war. Ein Badezimmer wie im Pfarrhaus gab es nicht. An einer Wand hing ein mit roten Buchstaben gestickter Spruch:

„Dank Gott für jeden Morgen,
den dir der Himmel gibt.

Es ist so schön, zu sorgen
für Menschen, die man liebt."
Mutter Luise Kuhlmann hatte ihn vermutlich zur Hochzeit bekommen. Auffallend waren ihr gleichbleibend freundliches, liebevolles Wesen, aber auch ihre von unermüdlicher Arbeit zeugenden Hände mit einem gespaltenen Daumen. Sie war sehr einfach gekleidet, aber dennoch hatte sie etwas an sich, das Mani, wenn sie sie sah, an einen Engel denken ließ.

Kuhlmanns Kinder genossen größere Freiheiten als Rahes. Als es bei Weidenfeller, dem großen Fachgeschäft für Herren- und Knabenbekleidung in dem mit riesigen Jugendstilmasken versehenen Haus am Anfang der Marienstraße, einmal Luftballons umsonst gab, wünschte Mutter Ilse nicht, daß Ilschen und Mani sich einen davon holten, weil sie dort nicht Kunden waren. Mani hätte trotzdem zu gern einen Luftballon gehabt. Deswegen ging sie mit Kuhlmanns Töchtern in den Laden und ließ sich einen blauen Luftballon aufblasen. Wieder bei Kuhlmanns angekommen, wollte sie ihn lieber nicht mit nach Hause nehmen. „Ich kann ja immer damit spielen, wenn ich bei euch bin." Da meinte Adolf Kuhlmann: „Ich kauf doch auch nicht ein Paar Stiefel und stelle sie bei euch ab." Dennoch, Mani ließ den Luftballon bei Kuhlmanns zurück.

Bei Vieths war es längst nicht so lustig wie bei Kuhlmanns, aber auch dort gingen die Kinder gern aus und ein. Von Rahes Haustür bis zu den Stufen des Hauses Marienkirchplatz 5 zählte Mani, die besonders an Adelheid genannt Heidi hing und oft mit ihr spielte, sechzehn Schritte.

Hauseingang Marienkirchplatz 3.

Vater Wilhelm Vieth war Rendant des Gemeindeamts im Nachbarhaus Marienkirchplatz 5 und sehr kinderlieb. Mutter Gertrud Vieth badete ihre Kinder in einer großen eingebauten Badewanne in der Küche. Dort stand auch ein Käfig mit einem Kanarienvogel, der wunderschön sang. Als Marianne, die Jüngste der drei Mädchen, ein bißchen größer geworden war, fing ihre Mutter eines Tages an, Cello zu spielen. Sie war sehr begabt und, obwohl Anfängerin, machte sie schnell Fortschritte. Fasziniert von den vollen, warmen Klängen des Cellos und in Gedanken an die eigenen „Künste" auf dem Klavier und die langweiligen Klavierstunden, die sie seit Vollendung des achten Lebensjahres bekam, konnte Mani neidisch werden. Warum war sie so wenig musikalisch? Warum sollte sie immer Klavier üben und hatte kein Cello? Etwas später, aber noch während des Krieges, legte Frau Vieth ein Orgelexamen ab und begleitete seitdem jahrzehntelang die Gottesdienste in der Mindener Simeonskirche.

Ilschen hatte sich inzwischen zu einer „Leseratte"
entwickelt und las alle Bücher, die ihr in die Hände
fielen, notfalls auch auf dem Klo, z. B. wenn sie ab-
trocknen sollte. Wenn Mani dagegen irgendwie die
Möglichkeit hatte, nach draußen zu kommen, streifte
sie mit Vieths und Kuhlmanns durch die Nachbarschaft.
Am liebsten stieg sie die hundertsechsundneunzig Stufen des Marienkirchturms hinauf und schaute die Stadt
von oben an. Zunächst führte eine steinerne Wendel-
treppe mit ausgetretenen Stufen auf einen Zwischenbo-
den. Von draußen fiel spärliches Licht in den relativ
hohen Raum, in dem man nicht nur die hölzerne Stiege
zum Weiterklettern bis zu den riesigen Glocken erkennen konnte, sondern auch viel Vogelkot und ab und zu
tote Vögel, so daß einen schauderte. Die mächtigen
Glocken gaben alle viertel Stunde die Zeit an oder begannen zu läuten. Da war es ratsam, schon vor dem
Schlagen der Uhr die Höhe der Schallöcher erreicht zu
haben, um dann den schweren Hammer zu beobachten,
der jede Stunde dröhnend auf die Glocke schlug. Mani
konnte sich nicht erinnern, jemals Angst bekommen zu
haben, wenn die mächtigen Glocken beim Läuten den
ganzen Turm in Schwingung versetzten. Wichtig war
nur, daß man vorher einen sicheren Standort gefunden
hatte. Die beste Aussicht auf die Stadt hatte man, wenn
man durch den gläsernen inneren Kreis der nach allen
vier Himmelsrichtungen gewandten Zifferblätter der
Turmuhr guckte. Als die Kinder einmal dort oben angekommen waren, wußte eins von ihnen zu berichten,
jemand habe behauptet, Minden sei eine Stadt ohne
Herz. Da meinte Helmi, die zweitälteste Tochter des
Küsters: „Unser Herz schlägt auf dem Marienkirchturm." Und dann blickten alle von oben herab auf die

objektiv hohen Mauern der Martinikirche und ihren niedrigen Turm, und eins von ihnen sprach voller Verachtung aus, was alle dachten: „Stümmelgemeinde!"

Interessant war auch das „Haus auf der Mauer" Marienkirchplatz 1. Dort besuchten die Kinder die alte, schmächtige Frau Lange, die nie verheiratet gewesen war, aber sieben Kinder bekommen hatte. Sie hatte hart arbeiten müssen, um sich und ihren Nachwuchs durchzubringen, und früher immer für Soldaten gewaschen. Jetzt lebte sie mit ihrem Sohn Fritz zusammen, der wohl als einziges ihrer Kinder nie dauerhaft Arbeit gefunden hatte. Die kleine gemeinsame Wohnung war immer aufgeräumt und sauber, und auf dem breiten, halbhohen Schrank standen die Bilder der vielen Kinder. Fritz versah die Hauswand und die Haustür von Zeit zu Zeit mit neuer Farbe – gelb und grün -, so daß sie immer frisch gestrichen wirkten. Jedesmal wenn die Kinder kamen, wurden sie freudig aufgenommen, und es gab viel zu erzählen und zu zeigen. In der Wohnung davor, die dem Pfarrhausgarten am nächsten lag und die seit langem keinen frischen Anstrich gesehen hatte, kehrten die Kinder nie ein. Sie wurde von dem alten Ehepaar Reiche bewohnt, das an sonnigen Tagen oft vor der Haustür saß. Da der Mann zuweilen dem Alkohol zusprach, kam es ab und an zu Prügeleien, gerade auch mit Fritz Lange.

Am „Haus auf der Mauer" führte eine Treppe zur Marienstraße hinunter. Auf halber Höhe befand sich wieder ein Hauseingang. Dort wohnten die Zwillinge Hans und Else mit ihrer Mutter, die den ganzen Tag über irgendwo arbeitete. Von den Zwillingen wußten die kleineren Kinder nur, daß sie sich unentwegt zankten, aber das konnte auch ein Gerücht sein.

An der Nordwestecke des Kirchplatzes, Stiftstraße 4, stand ein Haus mit drei großen Etagenwohnungen, das einer Witwe, Frau Charlotte Schlüter, gehörte. Sie hatte zum Kirchplatz hin einen wunderbaren Blumengarten angelegt und pflegte ihn mit großer Sorgfalt. Während sie darin arbeitete, stand Mani oft am Zaun und unterhielt sich mit ihr. Kam dann Herr Wiegmann, der Mieter aus dem ersten Stock, vorbei, nahm er gern abgeschnittene Blumen mit nach oben, um sie in der Wohnung wenigstens noch einen Tag in die Vase zu stellen. Das Erdgeschoß des Hauses wurde von dem alten Dr. Uphoff und seiner Familie bewohnt.

Im Pfarrgarten, auf der großen Wiese hinter dem Gemeindeamt, wo auch an Sommertagen die Wäsche getrocknet wurde, und auf dem Marienkirchplatz bis hin zur Stiftstraße hatten die Kinder ein weites Spielgelände, das ihnen allerdings oft durch größere Jungen streitig gemacht wurde. Meist griff Küster Kuhlmann ein, und dabei hätte der Platz auch noch für die Kinder ausgereicht, die am Anfang des Königwalls wohnten. Aber die hatten keine Lobby.

In Minden waren im Juni 1940 zwei Bomben gefallen. Sie hatten nur Sachschaden angerichtet, aber keine Menschenleben gefordert. Währenddessen waren die vier Kinder Rahe neun Wochen bei den Großeltern Zänker in Breslau, eine herrliche Zeit. Die Eltern wollten nämlich, daß ihre Sprößlinge dort bis zum Ende des Krieges in Sicherheit wären. Aber der Krieg dauerte an, und so holten sie sie wieder nach Hause.

Mani, Erika, Wilhelm, Hans-Wilhelm und Ilschen.
Sommer 1941.

Eines Tages fanden Ilschen und Mani zwischen
Gemeindeamt und Pfarrhaus, also nördlich der Kirche,
neben den zum Ausleeren bereitgestellten Mülleimern
und der Tonne für das NSV-Schwein[10] ein grinsendes
menschliches Totengebiß, das wohl die Konfirmanden
dahin befördert hatten. Rings um die Kirche, zumindest
aber an ihrer Südseite, wo jetzt gegraben wurde, hatte
in alten Zeiten ein Friedhof gelegen. Weil die Gefahr
von Luftangriffen gewachsen war, zumal Berlin und
das Ruhrgebiet mit zunehmender Regelmäßigkeit von
den Engländern bombardiert wurden, hob man nämlich
an der Südseite der Marienkirche oberhalb der Hufschmiede einen Feuerlöschteich aus, versah ihn rings-
um mit einem Jägerzaun und stellte ein Schild mit der
Aufschrift „Betreten verboten" auf. Das alles hatten die

---

[10] Die Nationalsozialistische Volkswohlfahrt unterhielt Schweine-
ställe am Rand der Stadt. Die Tiere lebten von Speiseresten und
Küchenabfällen.

Kinder anfangs nicht bemerkt, weil die Ausgrabungsarbeiten hinter und nicht vor der Kirche vorgenommen wurden.

Südseite der Marienkirche von der Hufschmiede aus gesehen,
links oben: ein Giebel des alten Marienstifts,
rechts unten: Marienstraße.

Wenn Ilschen, Mani und Eri jetzt aber, „aus der Stadt" vom Poos her kommend, die Treppe unten von der Hufschmiede aus heraufgestiegen waren, kraxelten sie voller Freude auf der ausgehobenen, zu einem Hügel aufgeschütteten Erde herum. Auch vor dem Marienstift zwischen dem Hauptflügel und dem parallel zur Stift-straße gelegenen Seitenflügel, wo sonst Wiese gewesen war, entstand ein Erdhaufen, der sich langsam begrünte. Vom Eingang des Pfarrhauses aus konnte man die Fenster sowohl von Kuhlmanns als auch von Slotallas Wohnung jetzt nicht mehr sehen.

Unten an der Marienstraße wurde ein Bunker für alle die gebaut, die in einem bestimmten Umkreis wohnten und in ihrem Haus keine Möglichkeit hatten, einen Kellerraum als Luftschutzkeller einzurichten. Im Nachbarhaus Marienkirchplatz 5 unterhalb von Vieths Wohnung nach Westen hin verstärkten Erdwälle, die vor den beiden Konfirmandensälen lagen, einen Luft-schutzkeller. Auf diesen Aufschüttungen sprangen die Kinder herum und guckten mit Vorliebe gerade dann von außen durch die Fenster, wenn drinnen in den Räumen irgendwelche Veranstaltungen, z. B. Konfir-mandenunterricht, stattfanden. Auch das Kellergeschoß des Pfarrhauses wurde auf seine Sicherheit hin über-prüft und der mittlere der nach Süden gelegenen Räume zum Luftschutzkeller ausgebaut. Eine dicke Eisentür trennte ihn vom Kellerflur. Ein kleiner Vorraum, in dem Vorräte oder Gebrauchsgegenstände gelagert wer-den konnten, führte in den eigentlichen Luftschutzkel-ler, dessen Decke zwei zusätzlich eingezogene Holz-pfeiler abstützten. Vor dem Kellerfenster draußen im Garten, wo bisher gelbe Schwertlilien geblüht hatten und wo der Weinstock seine Wurzeln in die Erde getrieben hatte, um das Haus zu begrünen, und wo Spalierobst gestanden hatte, errichtete nun ein Arbeiter eine feste Mauer mit Überdachung und mit je einem Ausgang zu beiden Seiten. Die Überdachung versah er mit einer dicken Asphaltschicht, die bei warmen Sommertemperaturen weich wurde und die immer, wenn die Kinder darauf herumsprangen, ihre Fuß- oder Schuhabdrücke sichtbar werden ließ. Oben im Haus zeigte Daja, daß sie die Feuerpatsche bedienen konnte und auf dem Trockenboden reichlich Sandvorräte gegen Brandbomben gelagert hatte. Wilhelm Rahe wurde Luftschutzwart für den Bezirk westlich und nördlich der Marienkirche. Er war dafür verantwortlich, daß alle Anwohner gleich zu Beginn des Voralarms den ihnen zugewiesenen Luftschutzkeller aufsuchten. Noch aber trat der Ernstfall glücklicherweise nicht ein, wenn es auch immer wieder Probealarm gab. Nachmittags marschierten oft Hitlerjungen und BDM-Mädchen[11] wie die Soldaten mit Musik durch die Stadt und auch unterhalb des Pfarrhauses durch die Marienstraße. Erstaunlicherweise liefen auch einige Spielfreundinnen mit, die sich vorzeitig als „Jungmädel" gemeldet hatten und nun voll Stolz Tuch und Knoten trugen. Ilschen als ältestes Mädchen im näheren Umfeld ging schon länger zum „Dienst". Jeden Mittwoch- und Samstagnachmittag fand sie sich pünktlich dazu ein und war inzwischen in Gruppe 1 aufgestiegen. Nur am Sonntagvormittag ließen die Eltern sie nicht ziehen, weil Gottesdienst war. Niemand wußte, warum sie so pflichtbewußt mitmachte: Durch ihr Hüftleiden fühlte sie sich zurückgesetzt und erkannte instinktiv, daß die Auffassung vom

---

[11] Bund deutscher Mädel.

83

„lebensunwerten Leben" eine Bedrohung für sie darstellen könnte. Darum marschierte sie tapfer mit.

Monate und Wochen waren vergangen, man schrieb das Jahr 1943. Von den schrecklichen Ereignissen im Zusammenhang mit Hitlers Rußlandfeldzug und dem Massensterben der deutschen Soldaten bei Stalingrad ahnten die Kinder kaum etwas. Es wurde wieder Frühling. Als Mani einmal, fast neun Jahre alt, aus der Schule kam und ihrer Mutter in der Küche noch ein wenig helfen wollte, erfuhr sie etwas Wunderbares: Mutter erwartete wieder ein Kindchen, und Mani würde in ein paar Monaten noch ein Geschwisterchen bekommen. Darauf richtete sie von jetzt an alle Gedanken und war voller Vorfreude. Hoffentlich wird es ein Mädchen, dachten Ilschen und Mani. Aber dann besprachen die beiden, daß es vielleicht gut sei, wenn „der Ülli" ein Brüderchen hätte, und so votierte Ilschen „aus Verstandesgründen" für einen Jungen.

Es war Ende Juli und recht warm draußen, als aus Breslau, trotz anfänglicher Schwierigkeiten von den Großeltern vermittelt, eine Wochenpflegerin, Paula Kotzyba, eintraf. Die Schulferien hatten begonnen, aber noch verliefen die Tage wie gewohnt.

Während Mutter Ilse einmal ihre täglichen Besorgungen machte, tauchten plötzlich über der Stadt feindliche Kampfflugzeuge auf, und die Sirenen heulten. In panischer Angst, voller Sorge um ihre Kinder, die draußen auf dem Kirchplatz und im Garten gespielt hatten, rannte sie, hochschwanger, die Treppe an der Marienkirche hinauf nach Hause. Dort fand sie ihre Lieben fröhlich im Luftschutzkeller um „Tante Paula" geschart, die ihnen spannende Geschichten erzählte.

Die feindlichen Flugzeuge waren verschwunden, glücklicherweise ohne Bomben abgeworfen zu haben, aber Mutter Ilses Angst verflog nicht. Sie weinte, als sie die Kinder verlassen mußte, denn weil sie nun einmal in der Frauenklinik von Dr. Netzer in der Marienstraße angemeldet war, ging sie trotz der Anwesenheit von Tante Paula zur Entbindung dorthin, und Tante Paula versorgte die Familie zu Hause.

Am Vormittag des 29. Juli war die Spannung groß. Zunächst machten alle vier Kinder zur Ablenkung einen Spaziergang ins Weserglacis und beobachteten den kleinen Wasserfall der Bastau in der Nähe des Regierungsgebäudes. Ob das Kleine gerade jetzt geboren würde? Voller Erwartung kehrten sie zurück, aber aus der Klinik lag noch keine Nachricht vor. Ilschen und Mani halfen anschließend beim Teppichklopfen, nachdem ein Teppich im Garten des Nachbarhauses Marienkirchplatz 5 über die Stange geworfen worden war. Dr. Uphoffs älteste Tochter Irmgard, die Mutter von Ruth und Gudrun Manhenke, die seit kurzem mit ihren Kindern bei den Großeltern im Parterre des Hauses von Frau Schlüter Stiftstraße 4 wohnte, gesellte sich dazu. Ihre Schwester Ruth Gerdes, die mit einem ostfriesischen Bauern verheiratet war, hatte gerade zwei Tage vorher einen Sohn bekommen, Gerd Eima Gerdes, und so lag es auf der Hand, daß über Babys und über Namen gesprochen wurde. Wie wohl das neue Kindchen heißen wird? Vielleicht Helmut, wenn es ein Junge, oder Gertrud, wenn es ein Mädchen ist? „Oder aber Irmgard," meinte Mani, denn plötzlich gefiel ihr der Vorname der auffallend schönen Frau Manhenke. Und es wurde tatsächlich eine kleine Irmgard, gleich von Anfang an Irmi oder Irmilein genannt, um elf Uhr vormittags geboren! Am Nachmittag zog Wilhelm Rahe mit allen Kindern los, um seine Frau und Irmilein zu besuchen. Die großen Schwestern waren hell entzückt, denn Irmi war bei weitem das niedlichste Baby, das sie je gesehen hatten.

Zu Hause herrschte in diesen Tagen ein strenges Regiment: Bei Tante Paula hieß es für die beiden Großen pünktlich sein, gut aufräumen, schnell die Schularbeiten erledigen usw. Als Mutter Ilse und das Schwesterchen Einzug hielten, war es den Kindern zwar erlaubt zuzusehen, wie es gewickelt und gebadet wurde, aber Tante Paula ließ keinen Zweifel daran, daß nur sie allein „ihr Kind" versorgen durfte – was Eri, damals fünfeinhalb Jahre alt, zu dem Ausspruch veranlaßte: „Tante Paula, ich freu mich, wenn du weggehst. Dann haben wir unser Kind für uns alleine."

Tante Paula konnte nicht nur Wöchnerinnen und ihre Babys versorgen, sondern auch vorzüglich kochen, was in einer Zeit, in der die Lebensmittel knapper wurden, positiv auffiel. Ihre Apfelsuppen und Kartoffelgerichte blieben der Familie lange Zeit in guter Erinnerung. Wenn die beiden Kleinen, Eri und Hansi, abends laut, ungezogen oder albern wurden, sagte sie: „Kinder, ihr seid müde!", küßte sie mehrfach und brachte sie zu Bett. Tante Paula war der erste Mensch katholischen Bekenntnisses, der sich längere Zeit im Pfarrhaus Rahe aufhielt. Zwar besuchte sie einmal einen Gottesdienst in der Marienkirche, nahm aber am Sonntagmorgen in der Frühe meist an einer Messe im Dom teil. Sie blieb bis kurz nach Irmis Taufe in Minden, nachdem sie für die große Taufgesellschaft zum Mittagessen einen ausgezeichnet abgeschmeckten Kartoffelauflauf zubereitet hatte. Danach reiste sie zurück nach Breslau. Der Abschied besonders von den kleinen Geschwistern fiel ihr schwer, doch hofften alle, sie in absehbarer Zeit wiederzusehen. Damals ahnte niemand, daß es dazu nicht mehr kommen würde.

Marienkirche, im Chorgewölbe Cherubim,
links der reich verzierte Taufstein.

Die Taufe vollzog wie bei den anderen Enkelkindern Großvater Zänker, diesmal aber nicht in einem extra dafür angesetzten Taufgottesdienst, sondern gegen Ende des sonntäglichen Hauptgottesdienstes. Die Kinder hatten anfangs nicht am Gottesdienst teilgenommen, sondern wurden zugleich mit den Müttern oder Betreuungspersonen später in die Kirche geholt. Da noch vier andere Kinder getauft werden sollten, standen viele Menschen vor dem Altar und um den wunderbaren, figurenreichen Taufstein herum. Mani war ergriffen von der Größe des Augenblicks. Darum, als Großvater an Eltern und Paten die Tauffragen stellte: „Wollt ihr, daß euer Kind auf den Namen des Vaters und des Sohnes und des Heiligen Geistes getauft wird, und versprecht ihr, nach bestem Vermögen dafür zu sorgen, daß es im christlichen Glauben erzogen wird, so antwortet: Ja", da rief auch Mani mit kräftiger Stimme: „Ja!"

Viele Gäste waren zur Taufe ins Haus gekommen, außer den Großeltern Zänker und Großmutter Rahe die Patentante Doris Pleß, Pastor Alfred Viering, der Patenonkel aus Bielefeld, mit seiner Frau, aber Tante Lyddi aus Frankfurt und Tante Edelgard, die Frauen von Wilhelm Rahes Brüdern, beide als Patinnen vorgesehen, hatten absagen müssen. Im großen Eßzimmer nahmen alle an einer festlichen Tafel Platz, zum erstenmal allerdings ohne Großvater Rahe. Der war, fast achtzigjährig, am 12. Juni auf einer Reise nach Streitberg in Franken, wo er die Schwiegereltern seines jüngsten Sohnes Werner hatte besuchen wollen, verstorben.

Inzwischen hatte es manche Veränderung gegeben. Der Küster Adolf Kuhlmann wurde Hilfspolizist. Deshalb mußte er sich von seinem Schnauzbart trennen und bekam dadurch ein ganz anderes Aussehen als vorher. Mani und Ilschen erkannten ihn anfangs nicht wieder, und seine Töchter fragten: „Habt ihr unsern Vatter schon gesehn?" Aushilfsküster wurde der gemütvolle Herr Beuermann, ein Rentner aus Rahes Pfarrbezirk. Immer mehr Kinder aus der Nachbarschaft gingen jetzt zum BDM bzw. zu den „Jungmädeln". Die Bibelschar war kleiner geworden, aber trotzdem fanden sich, nun in einem Konfirmandenraum, außer Ilschen und Mani doch noch ein paar Mädchen bei Tante Pook ein. An den Schulen wurde der Religionsunterricht stärker als bisher abgebaut, wenn auch Martha Beune (und sie war vermutlich nicht die einzige) an der Heideschule ihn ab und zu noch erteilte.

Im Konfirmandensaal von Pastor Lohmann, Wilhelm Rahes Amtsbruder, gab Elisabeth Pook kirchlichen Religionsunterricht für das dritte und vierte Schuljahr, und obschon der Besuch freiwillig war, war der Raum ständig überfüllt. Mani, fast zehn Jahre alt, ging sehr gern hin. Vor allem eine Stunde blieb ihr unvergeßlich, als nämlich von der Erscheinung des auferstandenen Christus vor Maria aus Magdala die Rede war. Diese Erzählung, oft gehört und in vielen bildlichen Darstellungen wiedergegeben, ist ja so unfaßlich, so unglaublich! Man stelle sich vor: Jesus Christus, Gottes Sohn, von Gott Vater zum Retter und Erlöser der Welt bestimmt, wird wie ein Verbrecher hingerichtet, nachdem seine angeblich treusten Anhänger und Freunde ihn verlassen, verraten und verleugnet haben. Allerdings einige Frauen, die ihm zum Teil schon aus Galiläa nachgefolgt sind, die ihn auch in ihrem Haus bewirtet und mit für seinen Lebensunterhalt gesorgt haben, stehen unter dem Kreuz des Hingerichteten oder beobachten das Geschehen von ferne. Sie erleben seine letzten, qualvollen Stunden mit und sehen auch, wie er vom Kreuz abgenommen, in Tücher gewickelt und in ein Felsengrab gelegt wird. E i n e Frau wird in allen vier Evangelien des Neuen Testaments genannt: Nicht etwa Maria, die Mutter Jesu (sie wird als unter dem Kreuz stehend nur bei Johannes Kapitel 19 Vers 25 bis 27 erwähnt), sondern Maria aus Magdala, die Jesus einst von einer schweren Krankheit heilte – der Evangelist Lukas sagt, von sieben bösen Geistern. Aus Dankbarkeit für diese Heilung folgt sie Jesus nach und teilt als seine treuste Jüngerin mit ihm und seinen Anhängern und Anhängerinnen das beschwerliche, unstete Wanderleben. In allen vier Evangelien wird berichtet, daß sie, ob in Begleitung anderer Frauen oder allein, der erste Mensch ist, der am frühen Morgen des ersten Tages nach dem Sabbat entdeckt, daß der Stein, der vor das Grab gewälzt worden war, entfernt wurde. Nach der Erzählung des Johannesevangeliums im zwanzigsten Kapitel berichtet sie das sofort Jesu Jüngern Petrus und Johannes, kehrt dann aber umgehend zum Grab zurück und weint. Jemand spricht sie an: „Frau, warum weinst du? Wen suchst du?" Sie meint, es sei der Gärtner, und erwidert: „Herr, hast du ihn weggetragen, so sag mir, wohin du ihn gelegt hast. Dann will ich ihn wiederholen." Der Unbekannte ruft sie mit Namen: „Maria!" Daran erkennt sie ihn: er ist ihr Helfer, ihr Freund und Meister, dem sie schon aus Galiläa nachgefolgt ist. Sie möchte ihn umarmen und an sich drücken. Er aber sagt zu ihr: „Faß mich nicht an, denn ich bin noch nicht zu meinem Vater aufgefahren. Geh aber zu meinen Brüdern, meinen Jüngern, den Aposteln und sag ihnen: Ich fahre auf zu meinem Vater und zu eurem Vater, zu meinem Gott und zu eurem Gott." Maria Magdalena macht sich sogleich auf den Weg. Welch eine jubelnde Freude muß sie erfüllt haben, als sie den anderen mitteilte: „Ich habe den auferstandenen Herrn gesehen, und er hat mit mir gesprochen."

Tympanon im Dom zu Magdeburg,
rechts: Der Auferstandene begegnet Maria Magdalena,
links: Maria Magdalena verkündigt den Aposteln Petrus und
Johannes, daß der "Herr" auferstanden sei.

Jesus Christus ist auferstanden, er lebt, er ist bei Gott und regiert die Welt. Gott, sein Vater und unser Vater, will, daß auch wir leben, jetzt schon hier auf der Erde und bei ihm in Ewigkeit. Das ist die Osterbotschaft, die allen Menschen gilt und sie alle mit großer Freude und Hoffnung erfüllen will. Für Mani war aber noch etwas weiteres bedeutungsvoll. Als Tante Pook

91

nämlich die Frage stellte: „Wer oder was ist ein Apostel?" lautete die exakte Antwort: Ein Apostel ist ein Mensch, der dem irdischen Jesus nachgefolgt ist und von dem auferstandenen Christus selbst zu seinem Boten gemacht wurde. „Und wer ist der erste Apostel?" Antwort: Maria Magdalena. Sie wird nämlich als erster Mensch von dem auferstandenen Jesus Christus beauftragt weiterzusagen, daß er lebt und wir mit ihm leben dürfen. Jesus schickt sie mit dieser Botschaft nicht irgendwohin, sondern in den Kreis seiner engsten Freunde, seiner Jünger und der späteren Apostel. Wirklich? Man höre und staune: Eine F r a u ist der erste Apostel, sozusagen der Apostel der Apostel, oder anders ausgedrückt: Der erste Apostel Jesu Christi ist eine Apostelin! Dieser letzte Satz fuhr Mani wie ein Lichtstrahl in die Seele. Weißt du, wie es ist, wenn das Herz brennt, so richtig von innen, und den ganzen Körper und alles erfaßt? Bisher hatte Mani in der Kirche immer nur Männer erlebt, die den Gottesdienst hielten und die in der Gemeinde das entscheidende Wort zu sagen hatten. Wenn es aber wie bei Jesus zugehen soll, das fühlte Mani intuitiv, muß sich das ändern, denn bei Jesus sind Frauen genauso wichtig wie Männer, weil er sich Männern und Frauen und sogar Kindern zugewandt hat. Auch Mani würde gern für den Herrn Jesus arbeiten, etwa so wie Tante Pook. Eins aber war ihr klar: Bei denen, die zu Jesus gehören, darf es nicht um Macht gehen. Das war auch bei keiner der drei Frauen der Fall, die Mani in die Zusammenhänge eingeführt hatten, die ihr besonders wichtig waren: Die Anleitung zum Beten hatte sie hauptsächlich von ihrer Mutter bekommen, die meisten biblischen Geschichten hatte

Tante Emma erzählt, und bei Tante Pook in der Bibelschar waren immer wieder neue Aspekte hinzugetreten.

Je länger der Krieg dauerte, um so schwerer wurde es, geeignete Haushaltshilfen zu finden. Die Mädchen leisteten gewöhnlich mit vierzehn Jahren, also nach dem Volksschulabschluß und der Konfirmation, ein Pflichtjahr ab, entweder in einem kinderreichen Haushalt oder auf einem Bauernhof. Als sogenannte Arbeitsmaiden konnten sie die Arbeit auf dem Land, aber zum Teil auch als Hausgehilfinnen in der Stadt in einer kinderreichen Familie fortsetzen. Mit etwa achtzehn Jahren kamen sie in den Reichsarbeitsdienst, zu dem sich viele auch freiwillig meldeten. Frauen ohne Kinder mußten schanzen (d. h. Kriegsgräben ausheben) oder in sogenannten kriegswichtigen Betrieben arbeiten. Später wurden junge Mädchen gleich nach der Schulzeit als FLAK-Helferinnen, also an Fliegerabwehrkanonen eingesetzt.

So hatte Wilhelm Rahe seine liebe Not, daß er Unterstützung für seine Frau fand, die mit ihren fünf Kindern und dem weitläufigen Pfarrhaus einfach überfordert war. Er wandte sich nicht nur an das Arbeitsamt der Stadt, sondern auch an die Fürsorgestelle der Inneren Mission, wo Hilde Schumacher und Hanni Wehrenbrecht sogenannte Fürsorgemädchen vermittelten. Eins von ihnen war Klärchen, unehelich geboren und in Vennebeck von einer Pflegefamilie großgezogen, an der sie mit ganzer Liebe hing. „Unser Mutter, unser Minna", das waren die Menschen, von denen sie immerfort sprach, als sie mit sechzehn Jahren ins Pfarrhaus kam. Zu ihrer leiblichen Mutter hatte sie ebenfalls Kontakt. Die ihr aufgetragenen Arbeiten erledigte sie relativ zufriedenstellend, wenn Mutter Ilse ihr auch Irmi nie allein anvertrauen konnte. Was Klärchen allerdings besonders am Herzen lag, war das abendliche und sonntägliche „Ausgehen" mit Soldaten. Ilschen und Mani staunten, was sie davon zu erzählen wußte, alles natürlich unter Verwechslung von Dativ und Akkusativ. Klärchen kannte nur den Akkusativ der Pronomina: „Er hat mich versprochen", „Ich gebe dich die Tüte" usw. Aber alles in allem – Klärchen hatte ein gutes Herz.

Klärchen, Mani und Erika; Hans-Wilhelm trägt Soldatenmützchen, "Ritterkreuz" und Säbel; Ilschen mit Irmi.
Sommer 1944.

Die Luftangriffe auf Berlin und andere Städte besonders im Ruhrgebiet nahmen zu und damit auch die Häufigkeit des Sirenengeheuls, das das Nahen der englischen Flugzeuge ankündigte. Der Schulweg zur Heideschule und erst recht zum Lyzeum, das Ilschen seit Herbst 1942 besuchte, betrug nur wenige Minuten, weswegen Ilschen und Mani bei Voralarm nach Hause gehen durften und dort gleich in den Luftschutzkeller liefen. Ilschens Klassenkameradin Margret Georges aus Lahde, zehn Kilometer nördlich von Minden an der Weser gelegen, kam gleich mit. Wie oft wurde von jetzt an im Luftschutzkeller zu Mittag gegessen! Wer konnte, saß mit seinem Teller auf dem Schoß auf einer der beiden eisernen Bettstellen, die rechts und links an der Wand standen. Im Luftschutzkeller trugen die Erwachsenen Stahlhelme, während die Kinder einen Kochtopf aus Aluminium aufsetzen mußten. Wenn nicht gerade gegessen wurde, flickte und stopfte Mutter Ilse dort unten die Wäsche der Familie. Klärchen half gelegentlich dabei, und Irmi lag in ihrem Kinderwagen rechts vor einer der beiden Bettstellen. An der linken Wand ihr gegenüber befand sich ein großer Hängeschrank mit der Aufschrift „Luftschutzhausapotheke", dem längsten Wort, das Mani kannte und das immer von neuem zu buchstabieren sich genügend Gelegenheit bot.

Bald gab es keine Nacht mehr ohne Fliegeralarm. Wenn Vater Ilschen und Mani weckte, rissen sie schlaftrunken ihre Trainingsanzüge aus der Schublade unten im Kleiderschrank und zogen sie über die Nachthemden. Mutter Ilse hob Irmi aus dem Körbchen, und Vater Wilhelm und Klärchen nahmen sich Eris und Hansis an. Nur Daja war besonders nachts selten dazu zu bewegen, ihre Wohnung zu verlassen, denn ihr geheiligter Schlaf durfte nicht gestört werden, und bei Tage ging sie lieber ihren häuslichen Verrichtungen nach, anstatt den Keller aufzusuchen. Einmal, als Wilhelm es trotzdem geschafft hatte, sie mitten in der Nacht nach unten zu holen, und sie schlechtgelaunt im Luftschutzkeller erschien, begrüßte Ilschen sie mit den Worten: „Daja, du bist doch ein komischer Kauz!"

Bei Vollalarm während der Schulstunden durfte Mani nicht mehr nach Hause laufen, sondern ging mit den anderen Kindern in den Luftschutzkeller der Heideschule. Dort wurde aus Sauerstoffgründen nicht gesungen und nur leise und wenig gesprochen. Fräulein Beune, von Natur aus ängstlich, nahm die Erziehung zum Nationalsozialismus ernst. Anfang November, als sie wieder einmal mit ihrer Klasse in den Luftschutzkeller gezogen war, übte sie trotz drohenden Sauerstoffmangels pflichtgemäß das damals zur Jahreszeit gehörende Lied ein:

„Im November sind viele gefallen,
im November war`n viele dabei.
Es traf vor der Feldherrenhalle
manchen Helden das tödliche Blei."

Fräulein Voßmeyer, mit der Parallelklasse im Nachbarkeller untergebracht, sagte nur so im Vorbeigehen: „Hier unten und bei Alarm müssen wir so etwas nicht mehr lernen!"

Weil Mani zu den älteren Kindern in ihrer Klasse gehörte und ihr das Lernen nicht schwerfiel, überlegten die Eltern, ob sie nicht das vierte Schuljahr überspringen und vom dritten gleich in die Oberschule wechseln solle. Daja war bereit, ihr alle zwei Tage nachmittags

„Nachhilfestunden" zu geben. So wurden u. a. eingekleidete Aufgaben und die Grundrechenarten sowie die Bestimmung der einzelnen Satzteile geübt. Mani war es aber nicht immer nach Lernen und Daja nicht immer nach Lehren zumute. So flocht Mani heimlich unter dem Tisch Zöpfe aus den Fransen von Dajas Tischdecke. Daja seufzte, weil Mani nicht aufpaßte, und beide waren froh, wenn die Stunde beendet war und sie sich etwas erzählen konnten. Einmal hatte Daja es eilig, weil sie bei einer Freundin eingeladen war. Beide saßen unruhig und ungeduldig da, bis Daja sagte: „Paß auf, das mußt du aber jetzt können!" Mani antwortete gequält: „Daja, du verlangst viel." Diese Geschichte erzählte Daja sehr oft, und jedesmal lachte sie schallend dabei.

Was Mani sehr viel mehr Freude als das Lernen bereitete, war der Umgang mit dem jüngsten Schwesterchen. Gegen Ende des Sommers und auch noch an sonnigen Herbsttagen hatte es im Körbchen am offenen Fenster gelegen. Später im Winter, wenn es nicht zu kalt war, stand es im Kinderwagen unten auf der überdachten Veranda, und es war Manis größtes Vergnügen, das Baby zu wickeln und ihm das Fläschchen zu geben. Um gut an die Wickelkommode heranzureichen, stellte sich Mani auf eine Fußbank, reinigte die Kleine sorgfältig, zog sie wieder warm an und legte sie vorsichtig in den Wagen zurück, ehe sie ihr das Fläschchen hinhielt. Gern fuhr sie zusammen mit Heidi Vieth ihr jüngstes Schwesterchen spazieren und erkundete so die Gegend bis zum Mittellandkanal. An ihrem ersten Geburtstag trug Irmilein ein weißes Battistkleidchen, das mit winzigen bunten Blüten bestickt war und in dem sie ganz allerliebst aussah. Mani fuhr sie nachmittags in

Begleitung ihrer Kusine Elisabeth Menges und ihrer Schwester Eri wieder am Kanal aus. Die Kinder schoben die Sportkarre sehr nah am Wasser entlang. Alle schraken zusammen, als aus dem dort vor Anker liegenden Transportschiff der durchdringende Schrei „Dora! Dora!" ertönte. Vor Schreck wären sie samt Kinderwagen beinahe ins Wasser gestürzt. Mit Erleichterung entdeckten sie hinterher, daß ein Papagei gerufen hatte.

Fräulein Beune stellte einmal das Aufsatzthema „Wie ich meiner Mutter helfe". Da beschrieb Mani, wie sie ihr Schwesterchen versorgte, und schilderte die einzelnen Arbeitsgänge so anschaulich, daß sie eine Eins bekam. Ihr Vater und Onkel Waldi, der gerade zu Besuch war, lasen den Aufsatz und lächelten. Da schämte Mani sich. Als bei der Aufnahmeprüfung für die Oberschule das gleiche Thema gegeben wurde, berichtete sie über einen Einkauf beim Lebensmittelhändler – eine Tätigkeit, die ihr nie besondere Freude bereitet hatte – und bekam eine Drei.

Ja, die Aufnahmeprüfung für die höhere Schule! Fräulein Beune als Klassenlehrerin meinte, Mani sei eigentlich reif für die Oberschule, aber sie fühlte sich ihrem Rektor Daniel Voigt verpflichtet, der den frühzeitigen Schulwechsel nicht zulassen wollte. Mani kannte Rektor Voigt bisher nur vom Hissen der Fahne auf dem Schulhof, wenn alle Klassen in Reih und Glied antreten mußten, ein Hitlerjunge die Hakenkreuzfahne hißte, Daniel Voigt eine Rede hielt und alle Lehrer und Schüler mit erhobenem rechten Arm sangen: „Deutschland, Deutschland über alles . . ." und „Die Fahne hoch . . ." Der Gegenspieler von Daniel Voigt in Sachen Schulwechsel war der eigentlich schon pensionierte Dr.

Fickewirt als Vertreter des zum Kriegsdienst eingezogenen Studiendirektors Klöpzig, und der zeigte sich mit Manis Übergang in die Oberschule nach nur drei Volksschuljahren durchaus einverstanden, zumal Mani die Aufnahmeprüfung bestanden hatte. In diesen Tagen betete Mani viel im geheimen und sagte: „Vater im Himmel, ich will dir dankbar sein, wenn ich jetzt schon in das Lyzeum aufgenommen werde." Es dauerte einige Zeit, während welcher Vater Wilhelm mit und ohne seine Tochter beiden Schulleitern abwechselnd Besuche abstattete, bis Mani endlich vom Rektor der Volksschule freigegeben wurde. Am Ende freute sich auch Fräulein Beune über diesen Erfolg. Mutter Ilse kaufte Blumen und besuchte sie zusammen mit Mani, um ihr zu danken. Da sahen sie, daß Fräulein Beune trotz der anstrengenden Arbeit in der Schule ihre alten Eltern bei sich in der Wohnung versorgte, und Mani begann zu verstehen, warum Fräulein Beune manchmal nervös und sogar krank war und ab und zu in der Schule fehlen mußte.

Im Gegensatz zu ihren Geschwistern ist Irmi nicht mehr bei den Großeltern in Breslau gewesen. Eri war das letzte der Enkelkinder, das nach Breslau fahren durfte. Da die Mutter des letzten Vikars Erwin Stratemann im Frühjahr 1942 Verwandte in Schlesien besuchen wollte und anfragte, ob eins der Kinder mitfahren könne, kam nur Eri dafür in Frage, weil sie noch nicht zur Schule ging. Vier Wochen lang war sie einziges Kind bei Opa und Oma und genoß das sehr.

Die beiden kamen im August 1944, also während der letzten Sommerferien vor Kriegsende noch einmal nach Minden und freuten sich an den „Lämmern", wie sie ihre Enkelkinder nannten. Damals hatten die Nazis den Großvater schon fünf Jahre seines Amtes als Bischof der Evangelisch-lutherischen Kirche in Schlesien enthoben. Gleichwohl stand er in engem Kontakt mit den Pfarrern seiner Kirche, besonders der sogenannten Bekennenden Kirche, und hielt auch brieflich die Verbindung, wenn er gerade nicht zu Hause in Breslau war. Er hatte die Gewohnheit, die Post nicht in den nächsten Briefkasten einzuwerfen, sondern zum Hauptpostamt zu bringen, das in Minden am Adolf-Hitler-Platz lag. Als Mani ihn auf diesem Weg einmal begleiten durfte, zeigte er ihr den Dom. Mani bestaunte zunächst die außen jeweils unter einem Baldachin angebrachten großen Figuren, ehe die beiden den Innenraum durch das Nordportal betraten. Dann durchschritten sie das Nordschiff des Doms und bewunderten die herrlichen Fenster, deren Maßwerk der berühmte Kunsthistoriker Georg Dehio zu dem Schönsten zählte, was die westfälische Gotik hervorgebracht hat, und wandten sich danach dem übrigen Raum und dem Kreuzgang zu. Mani hatte den Dom und sein wuchtiges Westwerk schon oft von außen angeschaut, wußte auch von seiner legendären Gründung durch Karl den Großen, hatte ihn bisher aber noch nie von innen gesehen und war von diesem Erlebnis nachhaltig begeistert.

Nach den Sommerferien 1944 kam sie also in die Sexta der Oberschule für Mädchen in Minden. Sie saß neben Gertrud Georges, die wie ihre Schwester Margret aus Ilschens Klasse ebenfalls bei Fliegeralarm in den Luftschutzkeller des Hauses Marienkirchplatz 3 gehen durfte. Gern hatten sie Unterricht bei „Schulzen Heini". Statt mit dem üblichen Strammstehen und Armheben zum „deutschen Gruß Heil-Hitler" begrüßte er die

Klasse nur mit einer Abwärtsbewegung der rechten Hand und dem Gemurmel: „Litler setzen." Er hatte nahezu unendliche Geduld, wenn es z. B. darum ging, den Sextanerinnen die Aussprache des englischen R oder Th beizubringen, wurde aber zornig, wenn eine Schülerin NS-Plaketten, etwa vom „Winterhilfswerk", trug. „Nimm die Dinger von der Jacke!" rief er drohend, und zitternd löste Karin all ihren Schmuck und steckte ihn verstohlen in die Schultasche. In der Religionsstunde passierte folgendes: Einmal erzählte Schulzen Heini in normalem Tonfall: „Als Jesus mit seinen Jüngern durchs Land zog, sprach er zu ihnen", und nun wurde er sehr laut: „Nimm den Finger aus der Nase!" Erschrocken saßen alle, die sich angesprochen fühlten, kerzengerade da, die Hände auf den Tisch gelegt.

Nur einmal fand ein Schulausflug statt, der mit Heilkräutersammeln verbunden war und der wegen der zunehmenden Luftgefahr nicht wiederholt werden konnte. Die Sextanerinnen fuhren mit der Straßenbahn vom Markt bis zur Endstation Porta und pflückten unterhalb des Gutes Weddigenstein Brombeer- und Himbeerblätter, die, sorgsam voneinander getrennt, zu Hause getrocknet werden mußten. Keins der muntern Kinder, die so eifrig Blätter sammelten, ahnte, daß sich in unmittelbarer Nähe, nämlich unterhalb des Kaiser-Wilhelm-Denkmals ein KZ befand, in dem die Gefangenen, die ihren Aufsehern nicht in allem zu Willen waren, im Schlafsaal erhängt wurden. Die Insassen des KZs arbeiteten auf der anderen Weserseite in den Stollen des Jakobsbergs an der Herstellung der sogenannten Vergeltungswaffen V1 und V2.

An einem festgesetzten Tag wog Fräulein Dr. Kremer die getrockneten Kräuter in der Schule ab, und jedes Kind war erleichtert, wenn es sein „Soll" erfüllt hatte. Außerdem mußte man an mehreren Nachmittagen der Woche allein Heilkräuter sammeln. Rainfarn, der am Weserufer reichlich wuchs, war bei Ilschen und Mani besonders beliebt, weil er schwer an Gewicht war und in dichten Gruppen beieinanderstand, so daß man nicht lange suchen mußte.

Manche Schulerfahrungen machten allerdings das Herz schwer. In der Mathematikstunde z. B. wurden geometrische Formen und Körper besprochen und gezeichnet. Einmal gab Herr Krüger, ein eigentlich schon pensionierter Lehrer, als Hausaufgabe das Basteln eines Würfels auf. Mani beklebte ihren Würfel mit blauem Glanzpapier und legte ihn im Kinderzimmer auf das Klavier. Am nächsten Morgen in der Schule stellte sie mit Schrecken fest, daß er dort liegengeblieben war, und sagte das dem Lehrer. Sie hätte den Würfel in wenigen Minuten von zu Hause holen können. Herr Krüger aber schrieb sofort eine Rüge wegen fehlender Hausaufgaben ins Klassenbuch. Kurz danach ereignete sich ein ähnlicher Fall bei demselben Lehrer. Mani war ganz verstört. Im Deutschunterricht bei Frau Wassermann sollte die Klasse das Gedicht von Adalbert von Chamisso „Das Riesenspielzeug" auswendig lernen, was Mani zu Hause nicht extra tat, weil sie Gedichte meist schon nach zwei- oder dreimaligem Lesen auswendig aufsagen konnte. Nachdem einige Mädchen kaum eine Zeile auswendig zustandegebracht hatten, fragte die Lehrerin: „Wer hat auch nicht gelernt?" Wie viele andere meldete sich auch Mani, sagte aber gleich dazu, sie könne das Gedicht trotzdem aufsagen. Das nützte nichts, die dritte Rüge stand im Klassenbuch, und da drei Rügen einen Tadel bedeuteten, wartete Mani voller Angst darauf, daß Herr Tölsch, der Schuldiener, am Nachmittag auftauchen und den verwunderten Eltern einen Briefumschlag mit dem schriftlichen Tadel darin überreichen würde. Tagelang lief sie bedrückt umher und lebte in ständiger Sorge, verriet aber niemandem etwas davon. Jedoch schon bald ereigneten sich Dinge, die von persönlichen Problemen ablenkten.

Im Sommer 1943 hatten die Luftangriffe auf Berlin, Hannover, das Ruhrgebiet und andere Städte stark zugenommen. Am 29. Oktober fielen mehrere Bomben auf Mindens Innenstadt. Dabei kamen zahlreiche Menschen ums Leben, auch die kleine Ruth Buchheister, die in der Kampstraße gewohnt hatte und in Manis Alter gewesen war. Ende Oktober 1944 wurde die Überführung des Mittellandkanals über die Weser bei Minden von den Engländern bombardiert. Das Wasser des Kanals ergoß sich nicht nur auf die Weserwiesen, so daß die Schiffe mit in die Tiefe gerissen wurden, sondern auch auf die Straßen und rund um die Kistenfabrik Gebrüder Busch. Deren Belegschaft war beim Heulen der Sirenen in den Bunker gegangen und blieb dort bis zum Abend, während die Fabrik bis auf den Grund niederbrannte, vor dem Feuer verschont. Aber alle 75 Mann ertranken in den Wassermassen. Es wurde eine Nacht des Grauens mit einem Himmel voller Rauch und blutrotem Feuer.

Jetzt blieben die Mindener Schulen geschlossen. Frau Vieth flüchtete mit ihren Töchtern zu ihrer Schwiegermutter nach Holtrup. Wilhelm Rahe führte Massenbeerdigungen durch. Es waren gar nicht so viele Särge aufzutreiben, wie gebraucht wurden. Trotz allem spielten die übriggebliebenen Kinder zwischendurch so sorglos im Garten und auf dem Kirchplatz, als sei nichts geschehen.

Ein paar Tage später, am 6. November, heulten die Sirenen wieder zum Vollalarm, und gleich darauf war die Familie im Luftschutzkeller versammelt. Irgendwo in der Stadt fielen Bomben. Die Erschütterungen spürte man am ganzen Körper. Da – ein furchtbares Beben. Der Kellerboden schwankte, die Wände bewegten sich, die Lampe glitt auf und nieder. Die Eltern stimmten ein Lied an, in dem es heißt:

„Harre meine Seele, harre des Herrn!
Alles ihm befehle, hilft er doch so gern.
Wenn alles bricht: Gott verläßt dich nicht.
Größer als der Helfer ist die Not ja nicht.
Ewige Treue, Retter in Not,
rett auch unsre Seele, du treuer Gott.“

Als der Bombenlärm vorüber war und es einigermaßen sicher zu sein schien, weil man auch keine Flugzeuge mehr hörte, ging Vater Wilhelm als erster nach oben. Voller Entsetzen stellte er fest: Das Marienstift war getroffen, sein Westflügel lag als riesiger Schutthaufen da. Nach dem langen Heulton der Entwarnungssirenen guckten die Kinder vorsichtig aus der Haustür. Der Kirchplatz war bereits voll von Menschen, zumeist neugierigen, die den Helfern vor Ort im Weg standen und die Bergungsarbeiten stark behinderten. Mani schaute auch aus dem Kinderzimmerfenster und entdeckte unter all den Leuten, die den Bunker an der Marienstraße verlassen hatten und im Begriff waren, ihre Wohnungen wieder aufzusuchen, Gudrun Schaper, wie sie fröhlich in Richtung Elternhaus lief. Nach wenigen

Augenblicken kam sie verstört zurück: Haus und Laden im Scharn waren zerstört!

Inzwischen hatten Mutter und Klärchen dafür gesorgt, daß alle mittags noch etwas zu essen bekamen, und danach schliefen die Kinder erschöpft ein. Als sie wieder aufgewacht waren, erfuhren sie, daß ihre Spielfreundin Gerda Slotalla tot war. Ihre Mutter hatte man ebenfalls nur noch tot bergen können. Sie war noch warm gewesen und hatte ihr anderes, erst zweijähriges Töchterchen, das aber noch lebte, im Arm gehalten. Auch eine andere junge Frau mit ihrem zweijährigen Sohn war umgekommen, obgleich die Klopfzeichen und Stimmen, die während der Ausgrabungsarbeiten zu hören gewesen waren, auf Leben hatten hoffen lassen.

Und wie war es Kuhlmanns ergangen? Sie hatten in einem anderen, sehr gut befestigten Luftschutzkeller unter den alten Gewölben des Marienstifts gesessen. Als sie diese ihre Zufluchtsstätte wieder verlassen konnten, stand ihre Großmutter vor ihnen. Sie hatte auf der „Grille" im Dorf Meißen von dem Bombenangriff auf das Marienstift erfahren und holte nun ihre Lieben zu sich in ihr kleines Haus.

Wilhelm Rahe ließ die Toten zunächst in seinen Konfirmandenraum bringen. Die Kinder hätten gut auf die Erdwälle im Nachbargarten steigen und wie sonst durch die Fenster in den Raum hineinschauen können, aber eine große Scheu hielt sie zurück. Vielleicht war es auch die Frage, warum Gerda und mit ihr die drei andern hatten sterben müssen und warum sie selber und die ganze eigene Familie am Leben bleiben durften. Auf diese Frage gab es keine Antwort.

Das Dach des Pfarrhauses war von einigen Bombensplittern getroffen worden. Herr Wiehe, der Kirchmeister, begutachtete den Schaden und wollte für Abhilfe sorgen. Von jetzt an war der Nachthimmel jedesmal, wenn die Bomber von ihren Angriffen nach England zurückflogen, glutrot. „Hannover brennt", meinte Vater Wilhelm. Er hatte keine Ruhe mehr und versuchte, irgendwo auf dem Land im Kreis Minden eine Unterkunft für seine Familie zu finden. Im Umkreis der Marienkirche waren nämlich relativ viele Bomben gefallen, was darauf schließen ließ, daß der hohe Kirchturm den Angreifern, aus welchen Gründen auch immer, ein lohnendes Ziel zu sein schien. Schließlich fanden sich Pastor Koch und seine Frau in Oberlübbe bereit, Mutter Ilse und ihre fünf Kinder aufzunehmen.

Es wurde schon dunkel, als die Familie am Abend des 11. November mit Irmi im Kinderwagen (sie war inzwischen schon fünfviertel Jahre alt) und mit einem Bollerwagen für das Gepäck die Mindener Kleinbahn am Bahnhof Oberstadt in Richtung Oberlübbe bestieg und bis Eickhorst fuhr. Aus Angst vor Tiefflliegern und Bombern mußte alles im Finstern geschehen. Der Zug war unbeleuchtet, die Bahnhöfe ebenfalls, und als alle ausgestiegen waren und es zu Fuß durch den Wald weiterging, zeigte ein Flüchtling aus Aachen, der schon vorher bei Kochs untergekommen war, den Weg. Dort wurden alle, groß und klein, sehr freundlich aufgenommen und bekamen am sorgfältig gedeckten Tisch erst einmal etwas Gutes zu essen, eine Stärkung für Leib und Seele. Danach kehrte Wilhelm allein nach Minden zurück, um seinen Dienst in der Gemeinde zu versehen, und wurde von Klärchen, die jetzt mehr Zeit als früher zum „Ausgehen" hatte, mehr oder weniger gut versorgt.

Kochs hatten ihren jüngsten Sohn Reinhold, damals siebzehn Jahre alt, noch bei sich zu Hause. Er stand kurz vor dem Abitur und war ein ausgezeichneter Schüler. Ilschen und Mani kicherten und lachten oft über sein würdevolles Benehmen: Wenn er z. B. in den Schuppen ging, um Holzscheite oder Kohlen zu holen, setzte er allen Ernstes jedesmal seinen Hut auf, zog den Mantel an und nahm einen Spazierstock in die Hand. Er wollte auch, daß die Kinder ihn „Onkel Reinhold" nannten. Ein anderer Sohn, der als Soldat gerade Heimaturlaub hatte, benahm sich ungezwungen und natürlich und half seiner Mutter beim Plätzchenbacken, denn es nahte die Vorweihnachtszeit. Die älteste Tochter Ruth wohnte mit ihrem einjährigen Sohn im entlegensten Teil des Hauses. Sie trauerte um ihren Mann, der nach kurzer Ehe an der Front gefallen war, und zeigte sich selten. Außerdem war da noch die Flüchtlingsfamilie Pütz aus Aachen: Margret Pütz, zwölf Jahre alt, ihre Mutter und ihr Onkel, der am 11. November den Weg gezeigt hatte. Sie wohnten alle drei in einem Raum direkt unter Rahes. – Ilschen und Mani wachten eifersüchtig darüber, daß Irmi von allen Leuten als das niedlichste Kind angesehen würde, das natürlich auch viel niedlicher war als der kleine Enkel von Kochs.

Das Zimmer, das Mutter Ilse und ihre Kinder nun beherbergte, lag im ersten Stock des Hauses schräg über der Haustür. Zwei Betten, in denen je zwei Kinder schliefen, eine Chaiselongue für Mutter und später Irmis eisernes Kinderbett, dazu eine Kommode, die, mit Schüssel und Wasserkanne versehen, als Waschtisch diente, ein Kohleofen, Stühle, ein Tisch und ein Töpfchen für die Nacht bildeten das Inventar. Glücklicherweise konnte die Küche unten im Haus mitbenutzt werden. Vater Wilhelm kam einmal in der Woche zu Besuch, war jedoch von der neuen Behausung seiner Lieben wenig erbaut. Die Kinder aber fühlten sich wohl, denn sie waren alle zusammen, und wenn sie aus dem Fenster guckten, sahen sie in der Ferne den Turm der Marienkirche und wußten: Da ist Vater! Außerdem hatten sie einen weiten Blick auf den Nordhang des Wiehengebirges und konnten in der Ferne sogar das Kaiser-Wilhelm-Denkmal erkennen. So lebten sie sich schnell in ihrer neuen Umgebung ein. Obgleich die beiden ältesten schon zur Oberschule gegangen waren, besuchten sie nun wie Eri die Dorfschule, in deren eigenem Gebäude allerdings die FLAK untergebracht war. Der Schulunterricht fand darum in der Kirche statt, und zwar in dem durch eine Rollwand abgetrennten hinteren Teil, und wurde in mehreren Schichten erteilt. Ilschen, Mani und Erika brauchten nur über den Hof zu gehen, wenn ihre Klassenstufe an der Reihe war. Es gab nur eine einzige Lehrerin, und die war ununterbrochen tätig und oft am Ende ihrer Kraft. Mit den großen Jungen hatte sie ihre liebe Not, während sie zuverlässige Mädchen des achten Schuljahrs manchmal zu Botengängen fortschickte. Einmal in der Woche fand im gleichen Raum nachmittags ein Mädchenkreis statt, den die Gemeindeschwester leitete. Am Sonntag wurde die Trennwand für den Gottesdienst und den Kindergottesdienst wieder entfernt.

Im Gemeindehaus, also der Kirche gegenüber, waren Soldaten untergebracht. Hansi, inzwischen fünf Jahre alt, hielt sich mit Vorliebe bei ihnen auf. Wenn sie mittags auf dem Hof ihr Essen aus der Gulaschkanone austeilten, hielt auch er sein Schüsselchen hin und bekam jedesmal einen Schlag Suppe hinein. Er trug voll Stolz ein Soldatenmützchen mit Kokarden, einen kleinen Säbel und um den Hals eine Art Ritterkreuz. Für die älteren Schwestern war es eine besondere Freude, daß sie in diesem Jahr zusammen mit Frau Koch Tannenzweige aus dem Wiehengebirge holen und den Adventskranz selber herstellen durften. Auch lernten sie so nebenbei, wie man den Ofen anzündete und sparsam mit Papier, Brennholz, Eierkohle und Briketts umging. Einen Luftschutzkeller gab es nicht, aber man konnte bei Fliegeralarm in den Kartoffelkeller flüchten oder stellte sich, wenn man Lust dazu hatte, einfach ins Freie und beobachtete, wie die englischen Bombengeschwader über einen hinwegflogen. Manchmal sah man brennende Flugzeuge abstürzen – die FLAK hatte eben auch ab und zu Erfolg.

Ein oder zweimal fuhr Mutter Ilse mit ihrem alten Fahrrad über den Berg nach Bad Oeynhausen, um Großmutter Rahe zu besuchen, während dieser ungemütlichen Jahreszeit und auf schlechten, unbeleuchteten Wegen kein Vergnügen. Jeden Mittwochmorgen machte sie sich schon früh auf den Weg nach Minden, um zu Hause nach dem Rechten zu sehen und fehlende Kleidungsstücke, Kartoffeln, die zu Hause eingekellert waren, Brennmaterial und anderes herbeizuschaffen. In diesem frostreichen Winter mußte alles zu Fuß, per Kleinbahn und im Bollerwagen transportiert werden, denn Geschäfte, in denen man hätte einkaufen können, gab es kaum. Hatten die beiden Großen schon früher viel helfen müssen, konnte ihre Mutter jetzt erst recht nicht auf ihre Unterstützung verzichten. So hatte sie mit Ilschens Hilfe Irmileins eiserne Kinderbettstelle vom

Bahnhof Eickhorst ins Pfarrhaus Oberlübbe per Bollerwagen transportiert. Das geschah bei eisiger Kälte und ging Ilschen fast über die Kraft, so daß sie am Abend vor Erschöpfung nur noch weinen konnte und Mutter ihr unaufhörlich die vor Kälte erstarrten Hände und Füße rieb. Einmal bekam die Familie auch „fremden" Besuch, nämlich von dem freundlichen Mindener Domvikar, der eigentlich nach der katholischen Familie Pütz hatte sehen wollen.

Weil der 6. Dezember auf einen Mittwoch fiel und Mutter Ilse wie gewöhnlich ihre Mindenreise für diesen Tag geplant hatte, verlegte sie die Nikolausfeier kurzerhand auf den Abend vorher. Heimlich hatte sie für jedes Kind einen Nikolausteller gefüllt. Bei Einbruch der Dunkelheit polterte es auf der Treppe und an der Zimmertür. Eri und Hansi flüchteten zu ihrer Mutter, während die beiden Großen den Nikolaus (Frau Pütz) und Knecht Ruprecht (das Hausmädchen von Kochs) recht forsch und überlegen empfingen. Lachend bezogen sie Rutenschläge, und allmählich wagte sich auch Hansi wieder vor und sagte zitternd ein Versen auf, ehe alle Geschwister die leckeren Sachen erhielten und sie voll Vergnügen knabberten.

Für die Kinder wurde es ein besonders gelungener Nikolausabend. Doch während seine Familie in Oberlübbe so fröhlich beisammen war, schrieb Vater Wilhelm in Minden in dunkler Vorahnung zwei Abschiedsbriefe, einen an seine Frau und einen an seine Kinder.

„ Minden, den 5. 12 1944
Meine geliebten Kinder!

Es fällt mir nicht leicht, von Mutter und Euch Abschied zu nehmen. Aber nach Lage der Dinge muß man ja mit allem rechnen, auch damit, daß ich vielleicht bald abgerufen werde. Da möchte ich Euch noch einige Dinge sehr ans Herz legen, und ich weiß, Ihr werdet das richtig aufnehmen.

Helft Mutter und vergeßt nicht, was sie für Euch getan hat und noch ständig für Euch tut! Als Witwe mit 5 Kindern hätte sie es nicht leicht; sie bedarf der Hilfe und Aufrichtung. Macht ihr das Herz und die Arbeit der Erziehung nicht schwer und sucht Menschen zu werden, auf die man sich in jeder Beziehung verlassen kann, weil sie von Herzen an den Herrn Jesus glauben. Tut Eure Arbeit so, daß Eure Eltern und Großeltern Freude an Euch haben können, und haltet den guten Namen der Familie in Ehren! Prüft Euch immer wieder vor Gott!

Ihr seid meine lieben Kinder, und ich wünsche nichts mehr, als daß Ihr auf dem rechten Weg wandelt. Haltet auch gut zusammen!

In sehr herzlicher väterlicher Liebe umarme ich Euch alle, meine lieben, lieben Kinder, – Dich mein liebes Itle, Dich mein liebes Manilein, Dich mein liebes Erilein, Dich mein liebes Brüderlein (werde ein ganzer Mann!) und Dich mein süßes Irmilein, das mich schon so gut kennt.   Euer treuer Vater,
der Euch alle von Herzen liebhat und auch in der Ewigkeit Euer gedenken wird und Euch stets mit seinen Gebeten begleitet.“

Da Ilschen und Mani sich in den täglich notwendigen Dingen auskannten und die drei Kleinen gut versorgten, konnte Mutter Ilse am nächsten Morgen beruhigt nach Minden fahren. Ehe sie das Haus verließ, bereitete sie noch für mittags ein süßes Nudelgericht vor, das auch Irmi essen konnte und das die beiden Großen zu gegebener Zeit mit Hilfe von Frau Koch auf den Herd stellten. Dann deckten sie oben im Zimmer den Tisch, wobei Eri ihnen half. Sie war mit ihren sechsdreiviertel Jahren sehr umsichtig, während der jüngere Bruder immer etwas verträumt hinter den andern hertrottete. Schließlich trug Mani das jüngste Schwesterchen nach oben.

Da, was war das? Das Haus bebte minutenlang. Flugzeuge, Staub- und Schwefelwolken über Minden! Entsetzt sprangen die Kinder wieder nach unten, Mani mit Irmi auf dem Arm, und suchten im Kartoffelkeller Schutz. Als die Erschütterungen nach etwa sechs Minuten vorüber waren, trauten sie sich wieder nach oben und guckten vorsichtig aus dem Fenster. Wie es Vater und Mutter wohl ging? Doch der Marienkirchturm grüßte aus der Ferne, und sein Helm glänzte wie eh und je in der Mittagssonne. Die Welt schien in Ordnung, und die Kinder aßen in Ruhe zu Mittag. Den Rest des Tages verbrachten sie ganz normal, indem sie zusammen spielten. Als es Abend geworden war, machten sie sich wieder etwas zu essen. Die beiden Großen wuschen die kleinen Geschwister und anschließend sich selber, und dann krochen sie alle in die Betten: Ilschen mit Hansi, Mani zusammen mit Eri, und nur Irmi lag wie immer allein in ihrem eisernen Kinderbett. Sie beteten noch:

„Breit aus die Flügel beide,
o Jesu, meine Freude,
und nimm dein Küchlein ein.
Will Satan mich verschlingen,
so laß die Engel singen:
Dies Kind soll unverletzet sein!"
Auch euch, ihr meine Lieben,
soll heute nicht betrüben
ein Unfall noch Gefahr.
Gott laß euch ruhig schlafen,
stell euch die güldnen Waffen
ums Bett und seiner Engel Schar." Amen.

Dann hörte man nichts mehr. Ob alle Kinder einge-schlafen waren? Nein, Mani fand keine Ruhe. Sie konn-te nicht schlafen, denn ihre Mutter war noch nicht zu-rück. Wo blieb sie nur? Lief sie jetzt bei Nacht und Kälte auf matschigen oder vereisten Wegen durch den Wald? Aber in den Wochen davor war sie ja auch nicht früher wiedergekommen, weil die Kleinbahn nicht eher fuhr.

Schließlich hörte Mani gedämpftes Sprechen im Treppenhaus. Es war wohl viertel vor zehn, als sich die Zimmertür einen Spalt weit öffnete und ein schwacher Lichtschein gerade so in den Raum fiel, daß Mani, die mit Blick auf die Tür im Bett lag, die Umrisse ihrer Mutter und die von Frau Koch erkennen konnte. „Mut-ter, du hast ja eine dicke Beule am Kopf!" – „So, hab ich das?" fragte Mutter Ilse zurück. „ Dann habe ich mich wohl gestoßen. Schlaf gut, mein Herzchen." Sie streichelte Mani, gab ihr aber keinen Gute-Nacht-Kuß wie sonst (ob sie Mühe hatte, sich zu bücken?) und legte sich rasch ins Bett. Frau Koch schaute eigenartigerweise noch einmal ins Zimmer. Danach schlief Mani beruhigt ein – Mutter war ja wieder da!

Am nächsten Morgen, als alle noch im Bett lagen, erzählte Mutter Ilse, was geschehen war. Nach und nach ergab sich folgendes Bild:

Vater Wilhelm Rahe hatte im Luftschutzkeller die vielen Matratzen, auf denen die Familie bis dahin manche Nacht verbracht hatte und die nun nicht mehr benötigt wurden, auf die eiserne Bettstelle an der Wand zum Kohlenkeller hin aufgetürmt und die Zeit der Abwesenheit seiner Familie u. a. dazu genutzt, manche Bücher und Bilder, an denen er hing, in den Keller zu tragen oder auch in Pfarrhäuser auf dem Land in Sicherheit zu bringen. Ein Amtsbruder, der ihn besuchte, meinte: „Bruder Rahe, nun ist ihre Familie schon aus dem Haus. Wollen Sie sich das antun und alles hier oben kahl machen? Sie brauchen doch auch etwas Gemütlichkeit." Da hörte er auf zu räumen.

Ilse Rahe war am Vormittag des 6. Dezember bei Vollalarm zu Hause eingetroffen und hatte gleich mit ihrem Mann und Klärchen den Luftschutzkeller aufgesucht. Die auf dem Dachboden getrocknete Wäsche hatte sie mit nach unten genommen, um sie zu legen und gegebenenfalls zu stopfen. Auch machte sie sich an das Ordnen von Wäsche, die Großmutter Zänker vorsichtshalber nach Minden geschickt hatte, weil die Ostfront immer näher rückte und niemand wußte, ob Breslau noch ein sicherer Ort war oder nicht doch irgendwann von den Russen eingenommen würde.

Wilhelm war es wieder einmal nicht gelungen, Daja in den Keller zu locken. Stattdessen kochte sie oben in aller Ruhe ihr Mittagessen. Mit einem Teller Suppe setzte sie sich im Wohnzimmer auf ihren Lieblingsplatz am Fenster zwei Stockwerke über dem Raheschen Kinderzimmer und genoß den freien Blick über die Stadt zum Marienwall, zum Dom und weithin über das Wesergelände. Wie die Flieger heute wieder brummen! Sie will gerade einen Löffel zum Mund führen, als sie voller Entsetzen wahrnimmt, wie sich der Deichhof, eine schon erwähnte Nebenstraße des Marienwalls, in eine riesige Staubwolke verwandelt. Erst ist sie starr vor

Pfarrhaus Marienkirchplatz 3 am 25.5.1931, vor der Südseite die Ehepaare Rahe jun., sen. und Menges. Nur der Teil des Hauses rechts von der Gruppe blieb 1945 stehen.

Schreck, dann springt sie vom Stuhl hoch, reißt die Wohnzimmertür auf und nimmt entgeistert wahr, daß etwas wie ein rot-lila Vorhang vor ihren Augen niedergeht. Auf einer Ecke des Flurs steht sie plötzlich im Freien. Der große Trockenboden samt Wand und Tür davor sind in die Tiefe gesunken. Glücklicherweise kann sie die Treppe noch erreichen, aber das letzte Stück fehlt, und so jagt sie fast besinnungslos wieder

115

nach oben, nach unten, nach oben. Da hört sie langge-
zogenes Weinen, Schreien, Schluchzen. „Wilhelm, bist
du es? Hol mich hier runter!" Ja, es war Wilhelm Vieth,
der im Nachbarkeller Marienkirchplatz 5 gesessen und
die große Erschütterung nebenan wahrgenommen hatte.
Nun dachte er fassungslos, alle seine Nachbarn seien
tot, denn das Pfarrhaus einschließlich des Luftschutzkellers war eingestürzt, und nur die hinteren Räume,
von denen er den Anbau des Kinderzimmers, das sogenannte Kapellchen, das auf die Veranda führte, erkennen konnte, waren stehengeblieben.

Das zerstörte Pfarrhaus Sommer 1945.

In der Tiefe unter den Trümmern hatte auch Wilhelm Rahe die Stimmen vernommen. Er rief Wilhelm Vieth zu, Leute zum Ausgraben zu holen. Noch während des Vollalarms stellten Soldaten, die unten auf der Marienstraße vorbeigekommen und in ihrem Zivilberuf Bergleute gewesen waren, eine Leiter an und holten Daja nach unten. Sie begannen auch, nach den Verschütteten zu graben, fingen aber an der falschen Stelle an. Wilhelm Rahe dirigierte sie um, so daß sie sehr bald in der Richtung gruben, aus der Wilhelms Stimme ertönte. „Herr Pastor, hilf mir doch, Herr Pastor, hilf mir doch!" jammerte Klärchen immer wieder. Sie und Ilse hatten zwischendurch das Bewußtsein verloren. Wilhelm hielt Ilses Hand, und er war auch der erste, der wieder auf festem Boden stand. Um ihn ein wenig schneller befreien zu können, hatten die Soldaten seinen Mantel zerschneiden oder einreißen wollen. Er aber wußte, daß er auf dieses Kleidungsstück angewiesen sein würde, und erreichte, daß sie den Mantel nicht beschädigten. Selber hatte er nicht eine einzige Schramme abbekommen. Aber als die Wucht der zertrümmerten Steinmassen die eingezogenen Holzpfähle des Luftschutzkellers wie Streichhölzer knickte, war seine Frau von einem Stein gegen die Schläfe getroffen worden, der ihr den Stahlhelm vom Kopf riß. Sie erkannte noch ein paar Luftlöcher über sich, konnte auch Wilhelms Hand fassen, wurde dann aber bewußtlos. Die Kinder haben später immer wieder die tiefe Delle im Helm mit den Händen betastet: Wie groß auch die Wucht war, mit der der Stein gegen den Helm geprallt war – Mutter Ilse war am Leben geblieben, ein Wunder! Auch hatten wohl die an der Wand aufgetürmten Matratzen den Luftdruck aufgefangen und so einen Lungenriß verhindert, nachdem die Sprengbombe zunächst durch das Studierzimmerfenster geflogen und dann nebenan im Heizungskeller eingeschlagen war. Und was war mit Klärchen? Sie erlitt eine Gehirnerschütterung und einen Nasenbeinbruch und kam ins Krankenhaus, aus dem sie nach geraumer Zeit als geheilt und gesund wieder entlassen werden konnte.

Die Helfer führten Ilse in den Luftschutzbunker an der Marienstraße. Dort soll sie immerfort gerufen haben: „Ich kann alleine!" und: „Ich will zu meinen Kindern!" Der Kopf, die Augen, alles war geschwollen und voller Schutt. Noch nach Wochen hatte sie Blutergüsse in der ganzen linken Körperhälfte bis zum Fuß und konnte sich nicht richtig kämmen, weil ihre Kopfhaut zu empfindlich war.

Als die Entwarnungssirenen heulten, wurde sie sofort zum Augenarzt gebracht, der ihr die Augen ausspülte, damit sie wieder sehen konnte. „Ich will zu meinen Kindern," wiederholte sie beständig, und da sie schon bald wieder bei vollem Bewußtsein war und keine weiteren Verletzungen zeigte, brachte ihr Mann sie am Abend an den Kleinbahnhof Oberstadt. Seine dunkle Vorahnung hatte sich – Gott sei Lob und Dank! – nicht erfüllt. Ihm war das Leben neu geschenkt. Von seinem Amtsbruder Dietrich an der Simeonskirche und dessen Frau wurde er in ihr Pfarrhaus herzlich aufgenommen. Er blieb aber nur kurze Zeit bei ihnen wohnen und zog bald zu Ehepaar Kaßpohl in deren Villa Stiftstraße 5 neben der Strothmannschen Fabrik um. Pastor Dietrich und der Nachbar und Arzt Dr. Uphoff bewachten das zerstörte Haus die ganze erste Nacht nach dem Angriff und auch noch später, um einer Plünderung vorzubeugen.

Eine Wohnung außerhalb der Stadt, das war es, was Vater Wilhelm jetzt für seine Familie suchte, denn das Zimmer bei Kochs wurde auf die Dauer zu eng. Der Bauer und Viehhändler Schlingmann von der Minderheide meldete sich, um eine Pastorenfamilie aufzunehmen, von deren Ausbombung er gehört hatte. So wanderte die Familie am Vormittag des 17. Dezember vom Pfarrhaus Koch in Oberlübbe zur Kleinbahnstation Eickhorst, fuhr bis Hahlen und zog dann zu Fuß weiter bis zum Schlingmannschen Hof. Dort wartete ein kräftiger Eintopf auf sie. Inzwischen waren die aus dem zerbombten Haus geretteten Möbel auf Leiterwagen gepackt und zur Minderheide transportiert worden, denn immerhin waren die vier Räume, die zur Marienstraße hin ausgerichtet waren, stehengeblieben. Was niemand von Rahes sofort wahrnahm, war die Enttäuschung auf Schlingmannscher Seite darüber, daß offensichtlich die falsche Familie bei ihnen eingetroffen war. Man hatte mehrere kräftige junge Männer erwartet, die im Stall und auf dem Feld mit anpacken könnten, und Rahes wohl mit Lohmanns verwechselt, die vier große und einen kleineren Jungen hatten und nicht nur kleine Mädchen und einen einzigen, erst fünfjährigen Sohn.

Die Großeltern Zänker in Breslau und Mutter Ilses Geschwister hatten natürlich von der Ausbombung erfahren. Wie selbstverständlich nahmen es die Kinder hin, daß Tante Fännlein, hilfsbereit wie immer, beim Umzug zur Stelle war. Weil ihre Schwester nach allen Schrecken und wegen des bevorstehenden Umzugs in Not war und keine Haushaltshilfe mehr bekommen konnte (die waren ja alle als FLAK-Helferinnen, zum Schanzen oder als Arbeitskräfte in „staatswichtigen Betrieben" eingesetzt), hatte Marianne, bisher zwangs-

119

weise als „Volkspflegerin" bei der NSV in Lublin und Krakau tätig, eine Freistellung für kurze Zeit beantragt. Nach einer abschlägigen Antwort war sie auf eigene Faust gen Westen gereist und hatte daraufhin sofort ihre Arbeitsstelle verloren, was sie aber keineswegs betrübte. Beim Umzug zur Minderheide packte sie jede Arbeit an, klopfte mit Eifer und Erfolg den Bombenschutt aus dem Kinderzimmerteppich, ehe er in die neue Wohnküche gelegt werden konnte, und räumte und arbeitete von früh bis spät. Auffallend, wie zart und hübsch sie war. Nach wenigen Tagen fuhr sie wieder zurück nach Breslau und arbeitete von da an als Rote-Kreuz-Schwester in einem Breslauer Lazarett.

Wieder lebten sich die Kinder schnell in der neuen Umgebung ein. Die Wohnküche lag an der großen Deele genau gegenüber der Schlingmannschen Wohnstube, in der die Familie bei ihrer Ankunft zu Mittag gegessen hatte. Von den beiden Fenstern aus konnte man über einen schmalen, eingezäunten Vorgarten zur Straße hin sehen, die parallel zum Haus verlief. Wasser gab es in einer Art Waschküche, die vor den Schweineställen lag und in die man quer über die Deele gelangen konnte. Die Toilette, die die Familie benutzen durfte, befand sich ganz hinten im Stall hinter dem Kuhstall und war natürlich eiskalt ebenso wie die beiden Schlafzimmer der Familie, ehemalige Speicher, deren Wände mit Pilz und Moos überzogen waren. Sie lagen hintereinander im ersten Stock des Hauses und waren über den langen Hausflur hinter der Deele und über eine Art Bodentreppe zu erreichen. Davor befand sich ebenfalls im ersten Stockwerk das Zimmer von Natanja genannt Natja, der neunzehnjährigen Fremdarbeiterin aus der Ukraine. Sie war eigentlich immer müde, wenn man sie traf, aber nie unfreundlich, und gähnte auffallend oft.

Jetzt hatte jedes der Kinder wieder sein eigenes Bett, Hansi zwar ein Kinderbett, aber er paßte noch gut hinein. Möbel und Hausrat, die in den drei kleinen Räumen nicht untergebracht werden konnten, kamen auf einen Speicher außerhalb des Wohnhauses. Die Großeltern in Breslau sorgten dafür, daß jedes Kind zu Weihnachten etwas Schönes geschenkt bekam, worüber es sich freuen konnte, und schickten ihr riesiges Weihnachtspaket diesmal zur Minderheide. Außerdem gab es für alle zusammen einen bunten Kaufladen, mit dem Mutter Ilse und ihre Geschwister schon gespielt hatten und den die Großmutter wieder instandgesetzt hatte.

Auf einem richtigen Bauernhof zu wohnen, war zunächst für die Kinder von besonderem Reiz. Nach Süden, also in Richtung Minden und auch in Richtung Volksschule war er von hohen Fichten umgeben, hinter denen sich ein großer Geflügelhof verbarg. Man hörte vor allem in der Frühe das Kullern der Truthähne. Eri sah zu, wie eine Kuh gestriegelt wurde. Gleich versuchte sie es auch, und nachdem sie eine Kuh gesäubert hatte, bekam sie ein Ei geschenkt. Schlingmanns ermunterten sie weiterzumachen, aber für die nächste und übernächste geputzte Kuh gab es weder ein Ei noch sonst eine Belohnung, so daß das Kind die Lust an dieser Tätigkeit verlor. Wie schon gesagt, war Erika mit ihren knapp sieben Jahren ungeheuer vernünftig, anstellig und geschickt, dazu mit ihren großen dunkelblauen Augen im schmalen Gesichtchen und dem dunklen Haar reizend anzusehen. Wenn Mutter Ilse mit dem Fahrrad in die Stadt gefahren war, um dort einiges zu erledigen, und es Zeit wurde, daß die Kinder schlafen gingen, packte Eri immer mit an und trug Nacht-hemden, Waschzeug, Pantoffeln, Handtücher und was sonst gebraucht wurde, durch das dunkle Haus mit nach unten in die Küche. Schon als ganz kleines Kind war sie sehr lebhaft und fröhlich gewesen. Mutter Ilse hatte sie jedesmal gelobt, wenn sie etwas besonders gut ge-macht hatte. „Gutes Erilein," sagte sie dann, und so nannte das Kind sich selbst But-Elein und später Butt-chen. Großmutter Zänker, die die Kleine ganz beson-ders ins Herz geschlossen hatte, setzte noch eins drauf: „Das gute Buttchen." Dagegen sträubten sich die bei-den Kleinen Hansi und Irmi gegen alles, was die großen Schwestern taten, und waren nicht leicht zu waschen und ins Bett zu bringen. Hans-Wilhelm war nahezu untröstlich, wenn seine Mutter mit dem Fahrrad weg-fuhr, und versuchte, auf dem Dreirad hinterherzustram-peln. Ein paarmal wurde er nach kurzer Zeit von einer Nachbarin abgefangen, getröstet und seinen verstörten Schwestern, die ihn plötzlich vermißt hatten, wieder zurückgebracht.

Das Ehepaar Schlingmann hatte keinen Sohn, son-dern nur eine verheiratete Tochter und eine vierjährige Enkelin namens Edda, die beide mit auf dem Hof wohnten, während der Schwiegersohn Soldat war. Bei den zwei Frauen war Hansi der Prinz, und damit er mit Klein-Edda spielte, holten sie ihn oft zu sich in die Wohnstube, besonders wenn Mutter Ilse nicht da war. Er bekam manche Leckereien zugesteckt, und alle amü-sierten sich, wenn er tiefernst und mit Hingabe „Taufe" spielte und die dazugehörigen Lieder im Tonfall von Pastor Martin Lohmann sang, dem Bezirkspfarrer auf der Minderheide. Eri hingegen wurde nicht gut behan-delt. Als sie einmal beim Spielen an relativ unzugänglicher Stelle eine große Hühnerschar entdeckte und sie der kleinen Edda zeigen wollte, nahm diese sogleich eine Mistforke und schlug ihr damit auf den Kopf. Daß diese Hühner nicht registriert waren und somit „schwarz" gehalten wurden, ahnte Eri nicht, aber Edda wußte es anscheinend. Glücklicherweise wurde Eri nicht verletzt, doch von da an paßten die großen Schwestern besser auf sie auf.

Eines Tages während des Vollalarms war Ilse Rahes Uhr stehengeblieben, und so stellte sie sie nach der Wanduhr, die in Schlingmanns Küche hing. Als sie später zufällig nochmals auf die Wanduhr sah, fiel ihr der Zeitunterschied zu vorher auf, und am Abend des gleichen Tages war die Uhr wieder weit vorgestellt. Mutter Ilse beobachtete das einige Tage, bis ihr klar war: Natja, die keine Uhr besaß, sollte früh aufstehen und lange arbeiten. Das war also der Grund, warum sie immer müde war und so viel gähnte. Außer Natja arbeitete noch Jan auf dem Hof, ein fünfzehnjähriger Pole. Auch er war sehr fleißig. Trotzdem, alle vierzehn Tage wurde er – und das erfuhren Rahes erst sehr spät – zur Polizei gebracht und dort durchgeprügelt.

Einmal mästeten Schlingmanns einen jungen, besonders fetten Eber. Besorgt standen Frau Schlingmann und ihre Tochter vor seiner Box: Ob er auch schwer genug würde? Eines Tages wurde er geschlachtet, und obgleich viele Leute in der Nachbarschaft darüber Bescheid wußten und es ausplaudern konnten, kam doch jemand über die Deele gelaufen und brachte Rahes eine Schüssel Wurstebrei: damit sie nichts weitererzählten. Schwarz zu schlachten war nämlich gegen die Volksmoral, das tat nur der Volksfeind! – Kurz vor Ostern klopfte Herr Schlingmann heimlich vom Flur, nicht von der Deele aus, um von den Frauen nicht gesehen zu werden, an die Küchentür und übergab Mutter Ilse einen großen Braten mit den Worten: „Sagen Sie es aber nicht den Frauen!" Er hatte nämlich zu Hause nicht viel zu melden, denn „er war eingeheiratet".

„Die drei Großen" besuchten seit Januar 1945 die Minderheider Volksschule. Eri war im ersten Schuljahr und wurde von Frau Sassenberg unterrichtet, die viel Wert auf nationalsozialistische Erziehung legte und außerdem in diesen letzten Kriegswochen immer noch ehrlich bemüht war, den Kindern möglichst viel beizubringen. Als Erika am 4. März sieben Jahre alt wurde, schrieb Ilschen ihr ein Gedicht mit den sinnigen Zeilen:
„Lerne nur brav bei Frau Sassenberg,
dann bleibest du nicht ein geistiger Zwerg."
Bei Fliegeralarm während der Schulstunden mußten die Kinder ein langes Stück über freies Feld laufen, an dessen Anfang ein kleiner, von einem freundlichen Ehepaar bewohnter Kotten stand. Die beiden Alten kamen ans Tor, wenn sie Mani mit Eri an der Hand sahen, beobachteten mit ihnen die Flugzeuge am Himmel und berieten die Kinder, ob sie den Heimweg noch wagen könnten oder nicht lieber stattdessen so lange bei ihnen im Haus bleiben sollten, bis die Gefahr des Beschusses durch englische Tiefflieger vorüber sei. In diesem Fall riskierten die Kinder nicht, daß sie sich wegen der Tiefflieger mitten auf dem Feld flach zu Boden werfen und dort reglos verharren müßten, um nicht bemerkt zu werden. Vor Tieffliegerbeschuß fürchteten sich nämlich auch die Erwachsenen. Es konnte beispielsweise sein, daß ausgerechnet dann, wenn der Milchmann mit seinem Schimmel vor dem Karren die Straße entlang zog

und Milch ausschenkte, plötzlich ein Flugzeug auftauchte und alle, die um den Milchwagen gestanden
hatten, sich in den Straßengraben warfen.

Einmal sollte Mani im Gesundheitsamt auf der Marienstraße von Dr. Neuling untersucht werden. Es war
verabredet, daß ihre Mutter sie auf dem Fahrrad bis
zum Kriegerdenkmal auf der Stiftsallee bringen und
Vater Wilhelm sie, ebenfalls per Fahrrad, von dort ab-
holen sollte. Kurz bevor Mutter und Tochter, durch
freies Feld fahrend, den Treffpunkt erreichten, raste ein
Tiefflieger auf sie zu. Die Mutter erschrak bis ins In-
nerste, konnte aber nicht mehr vom Fahrrad abspringen
und sich mit Mani zu Boden werfen. Da erhob sich der
Tiefflieger in die Luft. Als Ilse ihm nachsah, erkannte
sie, daß es sich um eine deutsche Maschine vom Typ
Me 109[12] gehandelt hatte.

Eigentlich hätte Mani sich längst zum „Dienst" als
„Jungmädel" melden müssen, aber ihre Mutter hatte die
Anmeldung immer wieder aufgeschoben. „Ihr habt sowieso bald ausgedient," meinte sie trocken. Die un-
günstigen Wohnverhältnisse führten dazu, daß Mani,
die empfindlicher als ihre Geschwister war, sich eine
schwere Blasen- und Nierenbeckenentzündung zuzog.
Als sie mit hohem Fieber zu Bett lag und ihre Mutter
sie versorgte, schoß einmal ein feindlicher Tiefflieger
am Schlafzimmerfenster vorbei. Da rief das Kind voller
Freude: „Mutter, ich glaube, wir siegen doch!" Mutter
Ilse schüttelte den Kopf: „Der Krieg ist verloren." Sie
hatte regelmäßig die Nachrichten verfolgt, d. h. zunächst die allgemeinen Nachrichten, dann den Wehr-
machtsbericht und außerdem den „feindlichen Sender"
BBC, so daß sie über das Kriegsgeschehen, die Bom-

---

[12] Messerschmidt, deutsches Jagdflugzeug.

benangriffe auf deutsche Städte und die Lage an den Fronten informiert war. Auch von der Zerstörung Dresdens am 13. Februar hatte sie gehört, aber das ganze Ausmaß des Grauens war ihr nicht bekannt und auch nicht, daß die überlebenden Flüchtlinge, Frauen, Kinder und alte Männer, die sich mit letzter Kraft auf die Elbwiesen gerettet hatten, von amerikanischen Tieffliegern beschossen worden waren. Eher verbreitete sich die Nachricht von der Zerstörung Berlins und der Städte im Ruhrgebiet.

Wenn das Wetter es zuließ, liefen die Kinder mit ihren Rollschuhen auf der wenig befahrenen Hauptstraße, weil es – getreu dem Schlagwort „Räder müssen rollen für den Sieg!" – kaum noch Autos gab. Während also die Kinder über die Straße flitzten, vibrierte so manches Mal der Boden unter ihren Füßen, oder es war ein dumpfes, leises Bumsen oder Grollen zu vernehmen. Irgend jemand von den Erwachsenen sagte dann: „Die armen Menschen in Essen!"

Mutter Ilse wollte wie gesagt möglichst gut informiert sein und traute den BBC-Nachrichten am meisten. Darum war ihr Mann immer in Sorge, sie werde abgehört, entdeckt und eines Tages abgeführt. Vor, nach und während eines Luftalarms am Tag oder in der Nacht schalteten sie oder auch Schlingmanns den Gaufunk oder den Drahtfunk ein, der über feindliche Flugzeuge auf dem Anflug oder Abzug aufmerksam machte und über Angriffe in der näheren Umgebung berichtete. „Tüt-tüt, tüt-tüt, tüt-tüt" war sein Erkennungszeichen. „Klumpfüßchen geht in den Luftschutzkeller," sagten die Leute und meinten damit Reichspropagandaminister Goebbels. „Achtung, Achtung!" meldete sich eine

Frauenstimme, und dann folgte eine Ansage über das Herannahen oder den Rückflug eines Bombengeschwaders.

So war es auch am 28. März 1945, als ein Bombenteppich über Minden niederging. Mitten im Satz brach die Stimme ab – ein Flügel des Stadthauses war durch Bomben zerstört und die Sprecherin dabei tödlich getroffen worden. Es war der zweite Großangriff auf Minden, dem die malerische Altstadt und mit ihr der herrliche Dom zum Opfer fielen.

Weil Kaßpohls Villa wie viele andere Häuser durch Brandbomben beschädigt worden war, war Wilhelm Rahe nun zum zweitenmal ausgebombt und zog zu seinem Amtsbruder Martin Lohmann um. Das bereits zerstörte Pfarrhaus Marienkirchplatz 3 hatte in den alten Bombentrichter hinein nochmals einen Volltreffer bekommen.

Die Karwoche brach an, es war Anfang April und nur wenige Tage nach dem letzten Bombenangriff. Das Gefühl der allgemeinen Unsicherheit wich dem einer ständigen Spannung. Viele Menschen aus der Stadt suchten Unterkunft in der näheren oder weiteren Umgebung Mindens. Der Volkssturm wurde aufgeboten.

Wilhelm Rahe hatte am Ostersonntag in Friedewalde, etwa zehn Kilometer vom Mindener Stadtkern entfernt, einen Gottesdienst zu halten. Bei herrlichem Frühlingswetter fuhr er, von Ilschen begleitet, mit dem Fahrrad dorthin. Auf dem Rückweg genossen sie den freien Blick bis zum Wiehengebirge – bis sie plötzlich Panzer bemerkten, die in Kolonne von den Hügeln herabrollten. Da Wilhelm Rahe einen Stellungsbefehl hatte, begab er sich umgehend in die Stadt.

Noch war alles ruhig. Zum wiederholten Mal waren einige Habseligkeiten unter den Trümmern des Pfarrhauses ausgegraben worden, und da der Familie außerdem etwas Geschirr von einem Mindener Kaufmann zur Verfügung gestellt worden war, fuhr Mutter Ilse auch diesmal mit dem Fahrrad in die Stadt, um alles abzuholen. Ilschen und Eri sollten mit dem Handwagen hinterherkommen und eventuell größere Teile abtransportieren, während Mani, die wieder Asthma hatte, auf die beiden jüngsten Geschwister aufpaßte.

Die beiden Schwestern waren auf der Stiftsallee bereits an der Kanalbrücke angekommen, als langgezogene Sirenentöne sie erschreckten: Die Alliierten hatten die Stadt erreicht! Minden wurde zur Festung erklärt, und die Bewohner sollten die Stadt sofort verlassen. Alles war in Auflösung begriffen. Viele Flüchtlinge schleppten sich mit sinnlosen Dingen ab, die sie in der Aufregung für das Notwendigste hielten. Als Mutter Ilse die Sirenen hörte, kehrte sie sofort um, um ihre beiden Töchter zu finden, und übergab Ilschen ihr Fahrrad, damit sie schnell zurückradeln konnte. Dann setzte sie Eri in den Bollerwagen und rannte, so schnell sie irgend konnte, mit ihr zum Schlingmannschen Hof zurück. Dort hatten die beiden Frauen sich schon zu Mani und den beiden Kleinen in die Wohnküche begeben und überboten sich gegenseitig mit Beschimpfungen über Mutter Ilse, so daß Mani in Tränen ausbrach. Aber dann tauchten – Gott sei Dank! – Ilschen und kurz danach Mutter mit Eri unverletzt und wohlbehalten auf.

Die Flüchtlingsströme aus der Stadt wurden immer dichter. Einige Leute betraten auch den Schlingmannschen Hof, weil sie Unterkunft suchten. Plötzlich arbeitete eine Schar unbekannter junger Männer im Stall, während Natja und Jan verschwunden waren. Allerdings hatte Jan geweint, als Mani ihn zum letztenmal vor der Deelentür stehen sah – war er etwa traurig, daß er den Hof und die Menschen, die ihn gepeinigt hatten, verlassen mußte? Die neuen Stallknechte trugen zum Teil noch ihre Soldatenuniformen, da sie sie noch nicht gegen Zivilkleidung hatten eintauschen können.

Die Kinder guckten aus dem Wohnküchenfenster auf die Straße und beobachteten die vorbeiziehenden Menschenscharen. Unter ihnen entdeckten sie plötzlich voller Freude ihren Vater, wie er gemächlich auf dem Fahrrad fuhr. Welche Erleichterung! Er hatte nicht im Volkssturm kämpfen müssen, weil die Stadt sich freiwillig ergeben hatte. Bald saßen Eltern und Kinder fröhlich vereint in der Küche am warmen Herd, und Mani erzählte brühwarm, wie die beiden Frauen mit ihrem bösen Reden Mutter Ilse schlechtgemacht hatten. Während Vater Wilhelm sich anschließend in der Waschküche vor dem Stall die Hände wusch, kam Frau Schlingmann auf ihn zu, so daß er sie freundlich darauf ansprechen konnte. „Sie sind ein unverschämter Kerl!" war ihre Reaktion. Wilhelm blieb ruhig, aber als er sich in der Küche wieder hingesetzt hatte, fing Mani an zu jammern: „Ich möchte wieder nach Hause! Hier können wir nicht bleiben!"

In der folgenden Nacht schliefen neun Flüchtlinge in der Küche: auf dem Fußboden, auf dem Tisch, auf den Stühlen. Eine Frau hatte ihren Pelzmantel mitgebracht und stolzierte damit tagsüber über die Deele und über den Hof. Eine andere viel jüngere Frau mit einem kleinen Sohn versuchte zusammen mit Ilschen, für alle so viel Milch wie möglich an irgendeiner Ausgabestelle zu beschaffen, wurde aber durch Panzer an ihrem Vorhaben gehindert. Immerhin kehrten beide unverletzt zum Hof zurück. Obgleich Schlingmanns viele Kühe hatten, bekamen weder Rahes noch die Flüchtlinge aus der Stadt einen Tropfen Milch.

Es gab wieder Alarm, alle griffen nach Helm oder Kochtopf und rannten in den Kartoffelkeller. Draußen wurde lange Zeit geschossen. Rings um den Hof hatten sich deutsche Soldaten verschanzt. Als es ruhiger wurde, ging Wilhelm Rahe als erster nach oben. Kanadier hatten den Hof bereits eingenommen und richteten auf dem großen Hausflur ein Lazarett ein. Ein deutscher Soldat war gefallen und wurde außerhalb des Hofgeländes begraben. Familie Rahe sollte binnen weniger Stunden den Hof räumen. Die beiden Schlingmannschen Frauen und auch Edda weinten und heulten, legten sich ins Bett und beteuerten, daß sich nur Alte, Kranke und Kinder auf dem Hof befänden. Mani bekam noch die Aufgabe, alles schmutzige Geschirr, das sich inzwischen angesammelt hatte, zu spülen – brrr, es gab nur eiskaltes Wasser. Die Kanadier schenkten den beiden Kleinen, Eri und Hansi, schneeweißes Brot und Schokolade, während Irmi, inzwischen ein Jahr, acht Monate und eine Woche alt, zum letztenmal in den Kinderwagen gepackt wurde, in dem sie zu Hause so viele Nächte im Luftschutzkeller verbracht hatte, und dann machte sich die Familie auf den Weg in die Stadt.

Unterwegs heulten wieder die Sirenen: die Sperrstunde begann, alle Personen hatten die Häuser aufzusuchen, oder es wurde geschossen. Darum kehrten Rahes nach etwa zweieinhalb Kilometern Fußmarsch wieder auf einem Bauernhof ein, wo sie freundlich aufgenommen wurden und übernachten konnten, „die vier Großen" alle in einem Bett, Irmi, die fast die ganze

Nacht hindurch schrie, in ihrem Kinderwagen, Mutter Ilse, die sie zu beruhigen suchte, auf einem winzigen, kurzen und schmalen Sofa, und Vater Wilhelm abseits in der Küche auf einer Chaiselongue. Nachdem er am nächsten Morgen mit dem Fahrrad in die Stadt vorgefahren war, zog seine Frau mit ihren Fünfen gemächlich hinterdrein. An einer Straßenecke auf der Stiftstraße hatte sich vor einem Lebensmittelgeschäft eine Menschenschlange gebildet. Plötzlich löste sich eine lebhafte kleine Frau aus der Menge und lief hinter Mutter Ilse her. „Sie müssen Ihrer Tochter aber unbedingt abgewöhnen, `Heil-Hitler` zu sagen!" Was war geschehen? Erika hatte Frau Sassenberg, die einzige Person, die sie angehalten hatte, mit `Heil-Hitler` zu grüßen, in der Menschenansammlung entdeckt, sofort die Hacken zusammengeschlagen und den rechten Arm gehoben.

In Minden, Stiftstraße 4 im ersten Stock des Hauses von Frau Charlotte Schlüter war Herr Wiegmann gestorben. Wilhelm Rahe hatte mit der Hausbesitzerin ausgehandelt, daß er die Etage übernehmen könnte, und so zog die Familie in eine komplett eingerichtete Wohnung ein, ein ganz großes Glück. Die eigenen Sachen, soweit vorhanden, standen ja zunächst nicht zur Verfügung. Die beiden Kleinen, Eri und Hansi, übernachteten die erste Zeit bei Lohmanns Stiftstraße 32. Hansi war nahezu untröstlich, wenn er am Abend seine Mutter verlassen mußte. Die gab den beiden als Trost ein Butterbrot mit auf den Weg, und dann faßte Eri den heulenden Bruder fest an der Hand und zog ihn hinter sich her.

Bevor Vater Wilhelm den Transport von Möbeln und Hausrat von der Minderheide zur Stiftstraße organisieren konnte, traf er Natja, die jetzt in einem Fremd-

arbeiterlager lebte. „Deine Frau immer gut. Schlingmanns böse. Wir bei ihnen weggenommen." Worauf
bezog sich das? Schlingmanns hatten bekanntlich ge-
jammert und wie krank zu Bett gelegen und die einge-
drungenen Soldaten an den Nachbarhof verwiesen.
Dort lebten wirklich nur alte, kranke Leute, doch zog
die Besatzung dahin ab. Als die ehemaligen Fremdar-
beiter zur Plünderung kamen, öffneten Schlingmanns
den Speicher, auf dem Rahes Sachen standen, und ließen sie mitgehen, auch den Kaufladen, das Weihnachtsgeschenk der Großeltern. Dadurch blieb
Schlingmannsches Eigentum verschont.

Die neue Wohnung in der Stiftstraße hatte außer
Küche und Bad fünf Räume, die alle von einem großen
Flur aus erreichbar waren, und drei Balkons, von denen
der nach Westen zur Stiftstraße hin ausgerichtete im
Sommer als Eßraum diente. Auf dem nach Norden gelegenen Küchenbalkon konnten die kleinen Geschwister Dreirad fahren und sogar in einem Sandhaufen
spielen. Ein Mindener Amtsbruder vermittelte noch im
April eine Kinderpflegerin, Hanni Giese aus Oberhau-
sen-Sterkrade, die ihr Anerkennungsjahr ableisten wollte und sich nach einer entsprechenden Stelle umge-
sehen hatte.

Der Sohn des Wohnungsvorgängers Wiegmann
tauchte verschiedentlich auf und zwar meist dann, wenn
das Ehepaar Rahe gerade nicht zu Hause war, maß die
Räume aus und versuchte mit mancherlei Tricks, sich
in der Wohnung niederzulassen. Die Möbel seines Vaters wurden aber, sobald sie irgend entbehrlich waren,
im Konfirmandensaal nebenan (Marienkirchplatz 5)
untergestellt, ja die Eltern erstanden sogar ein großes,
sehr solides Sofa. Die Familie hatte wieder ein Zu-

hause, noch dazu am Kirchplatz nahe der geliebten Marienkirche. Alles war so schnell und gut geregelt, daß man es kaum fassen konnte.

Die Marienkirche war abgesehen von den Fenstern und vielen Löchern im Dach kaum zerstört, lag aber voller Scherben und Schutt. Eines Tages kamen viele Frauen und Kinder zusammen, um sie zu reinigen. Für manche von ihnen war es von symbolischer Bedeutung, daß die Christusfigur im mittleren Fenster des Südschiffs stehengeblieben war. Nachdem die Kirche wieder sauber geputzt war, erklang als Dank für so viel Bewahrung das Lob des Schöpfers und Erhalters:

„Großer Gott, wir loben dich.
Herr, wir preisen deine Stärke.
Vor dir neigt die Erde sich
und bewundert deine Werke.
Wie du warst vor aller Zeit,
so bleibst du in Ewigkeit.“

NACHKRIEGSZEIT

Von der deutschen Kapitulation am 8. Mai 1945 haben die Mindener wenig gemerkt, da die Stadt schon einen Monat vorher von den Alliierten eingenommen worden war. Sie hatten allgemein aufgeatmet, weil es keinen Fliegeralarm und erst recht keine Bombenangriffe mehr gab. Wenn aber ein Flugzeug zu hören oder zu sehen war, schraken viele von ihnen immer noch zusammen. Das blieb so über eine lange Zeit, auch bei Mani. Mehr als zehn Jahre nach Kriegsende konnte sie

Flieger- oder lautes Motorengeräusch kaum ertragen. Die unterirdischen Munitionsfabriken der sogenannten Vergeltungswaffen V1 und V2 an der Porta wurden gesprengt, aber die erwarteten schweren Erschütterungen in der Stadt und das Zerspringen von Fensterscheiben blieben aus.

Da es wenig zu essen gab und schon gar keinen Kuchen, wurde Familie Rahe von Bäckermeister Stapf und seiner Familie nach Barkhausen an der Porta zum Kuchenessen eingeladen. Es war ein wunderschöner Frühlingstag. Die Kinder aßen sich an Kuchen satt, spielten im großen, blühenden Garten und hatten vor allem an einer Schildkröte viel Freude. Zwei Tage später betrat ein betrunkener Engländer die Deele des Hauses, und als der Hausherr sich näherte, wurde er kaltblütig erschossen.

Während Mindens Innenstadt durch Bombenangriffe weithin zerstört worden war, waren die Häuser im nördlichen Teil der Stadt unversehrt geblieben. Dort ließen sich die Engländer mit ihren Familien nieder, d. h. sie zogen riesige Rollen Stacheldraht um einen großen Stadtbezirk, innerhalb dessen alle Bewohner binnen weniger Tage ihre Häuser und Wohnungen verlassen mußten und nur wenige persönliche Dinge mitnehmen durften, nämlich so viel wie die englischen Soldaten an den Kontrollpunkten erlaubten.

Daja, die nach ihrer Ausbombung zu ihrer Tante gezogen war, verlor erneut ihre Wohnung und damit ihre gesamte Habe, die sie nach dem Bombenangriff fast vollständig gerettet hatte, und lebte nun in der Nähe der Simeonskirche. Nach dem Tod der Tante stand sie ganz allein, doch blieb der Kontakt zu Rahes bestehen. Auch Pastor Lohmann mit seiner großen Familie mußte aus dem Pfarrhaus Stiftstraße 32 ausziehen. Rahes halfen, einige Sachen aus dem Haus zu schaffen, und stellten sie zunächst bei sich unter. Frau Charlotte Schlüter nahm die Fabrikantin und Erfinderin des Kaffeefilters Melitta Benz mit ihrem Mann ebenso wie die Schwiegermutter ihres Stiefsohns, Frau Itzerott, in ihrer Wohnung auf.

Dr. Uphoff jun., von den Kindern nur Onkel Helle genannt, war mit seiner Frau Ruth in die Parterrewohnung zu seinen Eltern gezogen und hatte die Praxis seines Vaters übernommen. Im ganzen Umkreis war er der erste, der ein neues Auto kaufte, allerdings erst nach geraumer Zeit. Es war ein viel bewunderter beigefarbener Opel. Im Dachgeschoß des Hauses, das früher nur sechs Bewohner gezählt hatte, jetzt aber voll ausgelastet war, wohnte eine junge Flüchtlingsfamilie. Lohmanns kamen auf der Minderheide bei Schlingmanns unter, aber da sie mehrere große Söhne hatten, die zum Teil auf dem Hof mit anpackten, solange die Schulen noch geschlossen waren, ging es ihnen dort besser als Rahes, der einzigen Pastorenfamilie in Minden, die ausgebombt war.

Die Kriegsteilnehmer unter den Pfarrern kehrten wohlbehalten zu ihren Familien zurück, und auch den erwachsenen Lohmannschen Kindern, die als Flakhelfer und -helferinnen eingesetzt gewesen waren, war nichts geschehen. Darum, als Tante Änne Lohmann ihrem Patenkind Mani zum Geburtstag den Vers schrieb: „In wieviel Not / hat nicht der gnädige Gott / über dir Flügel gebreitet", konnte Mani das von ganzem Herzen nachsprechen. Sie und Ilschen fragten sich oft, was wohl aus ihnen und den kleineren Geschwistern geworden wäre, wenn die Eltern an jenem 6. Dezember ums Leben gekommen wären. Eigenartigerweise dachten sie kaum darüber nach, daß sie selber wohl nur dadurch gerettet worden waren, daß sie zum Zeitpunkt des Bombenangriffs evakuiert und dadurch der unmittelbaren Gefahr entkommen waren.

Inzwischen waren Vieths aus Holtrup in ihre Wohnung am Marienkirchplatz zurückgekehrt. Bis die Küsterwohnung und der gesamte Ost-West-Trakt des Marienstifts wiederhergestellt waren, verging einige Zeit. Adolf Kuhlmann wohnte darum zunächst allein ohne seine Familie in zwei kleinen Räumen im Erdgeschoß. Der Nordflügel, in dem Gerda Slotalla gewohnt hatte, wurde nicht wieder aufgebaut. Auch das „Haus auf der Mauer" Marienkirchplatz 1 war zerstört. Von den ehemaligen Bewohnern hatte sich, jedenfalls soweit die Kinder wußten, jede Spur verloren.

Familie Rahe wohnte zwar nur zwei Häuser vom ehemaligen Pfarrhaus entfernt, aber sehr vieles hatte sich geändert. Das ganze Ausmaß der Zerstörung in ihrer Stadt und in ihrer nächsten Umgebung erkannten die Kinder erst nach und nach, z. B. am Markt. Die Häuserzeile zwischen Hohnstraße und Scharn war bis auf drei Häuser zerbombt und sollte nicht wieder aufgebaut werden. Die kleinen Häuser am Deichhof waren fast alle zerstört, Werkstatt und Wohnung des Tischlermeisters Sievers glücklicherweise aber nicht. Die Hängebrücke bei Porta, aber auch die große Mindener Weserbrücke waren zerstört. In ihrer Nähe befand sich jetzt eine Pontonbrücke, die man immer nur in einer Richtung begehen konnte. Polizisten gaben jeweils an einem Ende der Brücke den Weg wieder frei. Als Ilschen und Mani sie einmal mit dem Bollerwagen passierten, sahen sie Leni Jennebach, eine kleine „Zigeunerin" aus Manis ehemaliger Volksschulklasse, mit ihrem Vater auf einem kleinen Gefährt sitzen. Die Familie hatte glücklicherweise wie andere in Minden ansässige Sintis den Krieg überlebt. Anstelle der Hängebrücke an der Porta beförderte jetzt eine Fähre die Leute über die Weser.

Zu dem wenigen, das noch so ablief wie früher, gehörte Vater Wilhelms unermüdlicher Einsatz in der Gemeinde. Er erteilte ungefährdet wieder Hebräischunterricht an Einzelpersonen und konnte nach einiger Zeit auch seinen Lehrauftrag für Westfälische Kirchengeschichte wiederaufnehmen. Auch der Verein für westfälische Kirchengeschichte versammelte sich in Minden erneut unter seinem Vorsitz. Seine Frau rief den „Jungmütterkreis" wieder zusammen, der sich jetzt allerdings „Mütterkreis" nannte und dessen einzelne Zusammenkünfte sorgfältig mit Bibelarbeiten und Begleitprogramm vorbereitet wurden. Pastor Martin Lohmann, der sich während des Ersten Weltkriegs eine schwere Hüftverletzung zugezogen hatte, fuhr nach wie vor gemächlich auf dem Fahrrad oder in seinem alten Ford durch die Gemeinde. Er war neben dem alten Arzt Dr. Uphoff so ziemlich der einzige Mensch im Umkreis, der sein Auto nicht hatte hergeben müssen. Küster Kuhlmann stand wieder im Dienst der Kirche, und sein Schnauzbart war langsam nachgewachsen. Im Winter und auch bei Konfirmationen wurde die Marienkirche nicht mehr benutzt, weil die Fenster nicht dicht waren. Auch der feierliche Kindergottesdienst am Ostermorgen fand nicht mehr statt, und zu Pfingsten wurde der Kirchplatz nicht mehr mit Birken geschmückt. Hansis Soldatenmützchen war eigenartigerweise seit dem Auszug aus der Minderheide spurlos verschwunden und tauchte niemals wieder auf. Für die Kinder war beruhigend, daß ihre Mutter, wie sie es immer getan hatte, vor dem Schlafengehen noch einmal nach ihnen guckte, ob alles in Ordnung war und sie gut schliefen. Mani war dann oft noch wach und hatte sich die Zeit mit dem Aufsagen von „Max und Moritz"[13] oder anderen Gedichten vertrieben und freute sich, wenn sie noch ein paar Worte mit Mutter Ilse wechseln konnte.

Schon auf der Minderheide hatte der Fahrer eines angeblichen Milchwagens Nachricht von den Großeltern Zänker überbracht. Sie waren sehr bald nach der

Die Großeltern Zänker auf Reisen.

Vertreibung aus Breslau, das zur Festung erklärt worden war, bei Verwandten in Bad Sachsa angekommen und wollten versuchen, sobald wie möglich nach Min-

---

[13] Wilhelm Busch, Max und Moritz. Eine Bubengeschichte in sieben Streichen.

den zu gelangen. Unvergeßlich der Augenblick, als Ende Mai 1945 kurz nach dem Mittagessen Großvater plötzlich in der Tür stand! Großmutter wartete bei dem wenigen Gepäck am Wesertor in der Nähe des Regierungsgebäudes. Alle stürmten dahin, um sie abzuholen. Zum Glück hatte Wilhelm Rahe bei Kaßpohls, die den Brandbombenschaden an ihrem Haus relativ schnell beseitigt hatten, sein ehemaliges Zimmer für sie reservieren lassen, so daß die beiden dort eine erste Unterkunft fanden. Später zogen sie in das Haus Immanuelstraße 7 zu Frau Änne Vogeler um, die ihnen zwei möblierte Räume im ersten Stock zur Verfügung stellte.

Großmutter Rahe war in Bad Oeynhausen von den Engländern aus ihrem Haus Wiesenstraße 22 ausgewiesen worden. Obgleich ihr Sohn für sie ein Zimmer bei Gemeindegliedern ebenfalls in der Immanuelstraße (nämlich bei dem alten Ehepaar Sieweke und ihrer Tochter Erika Henschel, deren Mann im Krieg gefallen war) gefunden hatte, zog sie es vor, in Oeynhausens Nähe wohnen zu bleiben, besuchte ihre Mindener Kinder und Enkel aber regelmäßig.

Irgendwann Ende Juli fand sich eines Morgens Ilses Bruder Waldemar, Onkel Waldi, in der Stiftstraße 4 ein. Es war bekannt, daß er in Frankreich verwundet und in ein Lazarett gekommen war. Von Tegernsee aus hatte er sich – zu Fuß natürlich – auf den Weg nach Minden gemacht.

Als letzte der Familie traf Tante Fännlein ein, und zwar in ihrer Tracht als Rote-Kreuz-Schwester. Von ihr war seit der Vertreibung der Großeltern aus Breslau keine Nachricht mehr gekommen. Sie hatte Krankentransporte begleitet, an manchen Tagen nur Schokolade, an anderen nichts zu essen gehabt und sich bei ihrer Ankunft in Minden erst einmal auf dem Gemeindeamt bei Herrn Wilhelm Vieth erkundigt, ob ihre Schwester mit Familie überlebt habe. Das Wiederfinden und Wiedersehen auch mit ihren Eltern war überwältigend. So schrecklich ihre Erlebnisse auch gewesen waren, niemand von ihren Angehörigen war umgekommen. Die gesamte Großfamilie war wieder vereint, noch dazu in Minden, der Wahlheimat von Wilhelm und Ilse und der Geburtsstadt und Heimat ihrer Kinder. Der Dank für so viel Bewahrung sollte von nun an zum Grundtenor des Lebens der Familie Rahe – Zänker werden. Kein einziges Mal hörten die Kinder aus dem Mund der Eltern oder der Großeltern ein Wort der Klage über erlittene Verluste oder schweres Erleben. Großmutter Zänker besaß z. B. nur noch ein einziges Kleid, nämlich das, was sie während der Flucht getragen hatte. Es war schwarz und abgängig, und obgleich sie immer auf gute Kleidung Wert gelegt hatte, trug sie es lange Zeit und mit dem ihr eigenen Charme, bis sie endlich Ersatz aus einem amerikanischen Carepaket bekam. Alle waren frohgestimmt, auch Tante Fännlein und Onkel Waldi, und blickten erwartungsvoll nach vorne, in die Zukunft.

Für die Kinder begann eine herrliche Zeit. Was wären die nun folgenden Jahre ohne die Großeltern gewesen! Waren sie verreist, was häufig der Fall war, da sie die vertriebenen Pfarrer, Gemeindeglieder und Diakonissenmutterhäuser besuchten, kam es den Kindern öde und leer vor. Mit den Großeltern besprachen sie, was sie bewegte, ließen sich von ihnen in Fragen der Kleidung beraten und zeigten ihnen jeweils als ersten, was sie gemalt oder gebastelt hatten.

Das Zimmer bei Siewekes in der Immanuelstraße stand nun Onkel Waldi zur Verfügung. Wie in früheren Jahren machte er sich sofort daran, Spielzeug und andere Gegenstände zu reparieren, stellte Deckel für im Bombentrichter wiedergefundene Kochtöpfe her und befestigte immer von neuem die fortwährend abreißenden Riemen an den sogenannten Klappern. Das waren einfache Holzlatschen, die die Kinder trugen, weil sie keine Schuhe hatten. Auf der Nähmaschine seiner Schwester nähte er einfache Verdunkelungsvorhänge für die Schlafzimmer. Alte Silbermünzen ließ er glatt pressen und sägte sie zu Broschen oder Anhängern aus. Sehr schnell fand er eine Anstellung als Bauarbeiter bei der Firma Ferdinand Meier, und weil diese als eins ihrer ersten größeren Projekte das Kaufhaus Becker am Markt wiederaufbaute und die Schulen noch geschlossen waren, konnte ihm mittags „eins der Kinder" warmes Essen auf den Bau bringen. In späteren Jahren erzählte er immer wieder davon, wie er sich jedesmal gefreut habe, wenn unten auf dem Markt der Familienpfiff ertönte und eine seiner Nichten ihm den „Henkelmann" übergab.

An der Baustelle mußte zunächst der Bombenschutt weggeräumt werden, in dem sich für den Bastler und Handwerker allerlei noch Brauchbares fand: Stapel von Kinderpostkarten, irgendwelche Hölzer oder Möbelteile usw., alles Dinge, die normalerweise keine Beachtung mehr gefunden hätten, zumal sie vom Schutt gereinigt werden mußten. Onkel Waldi aber nahm mit, was erlaubt war, und stellte 1945 daraus Weihnachtsgeschenke her, z. B. aus den Kinderpostkarten je ein Quartettspiel für „die beiden Großen", und aus dem Holz schnitzte er ein Steckenpferd für Hans-Wilhelm.

Um seine mathematischen Kenntnisse aufzufrischen, nahm er abends Unterricht bei Herrn Walmeyer, Ilschens späterem Lehrer, und kehrte oft mit Scherzaufgaben zurück wie z. B.: „Luise ist vierundzwanzig und damit doppelt so alt, wie Anna war, als Luise so alt war, wie Anna jetzt ist." Großmutter Rahe war diejenige, die die richtige Lösung sofort parat hatte.

Die drei großen Nichten waren sehr stolz auf ihren Onkel, den sie gern überall mit hingenommen hätten. Vorsorglich suchten sie ihm mehrmals eine Frau aus, aber er ging leider auf keinen ihrer Vorschläge ein. Sie waren nicht die einzigen, die für ihn schwärmten. Zum Beispiel sagte Heidi Vieth einmal zu ihrer Freundin Mani: „Ich mag keine Männer, nur meinen Vater, deinen Vater und Onkel Waldi."

Einige Zeit später verließen erst Tante Fännlein und danach auch Onkel Waldi ihre Mindener Zufluchtsstätte und zogen nach Münster. Der gute Kontakt mit ihren Eltern und ihrer Schwester samt Familie blieb aber bestehen. – Bei einem sehr viel späteren Besuch in Minden ging Onkel Waldi einmal mit Eri zum Schwimmen. Die Kleine spürte irgendeine Veränderung an ihm und drang so lange in ihn, bis er es nicht mehr vor ihr verbergen konnte, daß er sich heimlich verlobt hatte.

Schon auf der Minderheide hatte Mutter Ilse dafür gesorgt, daß die beiden Großen, die dort wieder die Volksschule besuchten, Englischunterricht bekamen. Eine Lehrerin, Fräulein Wirths, erklärte sich dazu bereit, und da sie in Minden wohnte, setzte sie kurz nach Rahes Rückkehr in die Stadt den Unterricht in ihrer Wohnung fort. Privatunterricht im Rechnen bzw. in

Mathematik erteilte Fräulein Lücke. Beide waren von den Engländern aus ihren Wohnungen ausgewiesen worden und lebten nun möbliert irgendwo zur Untermiete. Deutschunterricht erteilte anfangs für Ilschen, Mani und deren neue Freundin Margret Mutter Ilses ehemalige Klassenlehrerin von der Freiherr-vom-Stein-Schule in Münster, Martha Thiemann, die, hochbetagt, mit ihrer Schwester im Pfarrhaus Marien-Neustadt, Hafenstraße 2 untergekommen war, nachdem die Engländer auch sie aus ihrer Wohnung vertrieben hatten.

Dann geschah etwas Schreckliches. Frau Fischer, eine Kriegerwitwe von der Immanuelstraße und Mutter von fünf Kindern, verlor einen von zwei Söhnen durch das Spiel mit einer Panzerfaust. Wilhelm Rahe, der mit seiner ganzen Familie tief betroffen war, beerdigte ihn. Die Mutter des verstorbenen Jungen war sehr tapfer. Was aber in ihrem Innern vorging, konnte niemand ermessen.

Nun wohnte bei dieser schmerzgeprüften Frau eine ehemalige Studienrätin aus Allenstein, Margarete Jordan. Ihr Vater hatte einst den nach ihm benannten Jordansprudel in Bad Oeynhausen erbaut. Sie war stark sehbehindert und hatte aufgrund ihrer nationalsozialistischen Vergangenheit wenig Aussicht auf eine rasche Entnazifizierung und erneute Anstellung. Es wurde vereinbart, daß sie von jetzt an, bis die Schule ihre Tore wieder öffnete, die drei Großen in Deutsch, Englisch und Geschichte unterrichten und bis nach dem Mittagessen, an dem sie regelmäßig teilnahm, im Haushalt helfen und putzen würde. Nachmittags und abends hatte sie einige Privatschüler, deren Zahl ständig wuchs. Daher war sie schon am Morgen oft so erschöpft, daß sie mitten in der Unterrichtsstunde einschlief. Leider hatten die Kinder dafür keinerlei Verständnis und sahen nur die komischen Seiten. „Miss Gretel" (dies war Margarete Jordans heimlicher Spitzname) hob zum Beispiel in angeblich unbeobachteten Augenblicken die Deckel von den Kochtöpfen auf dem Herd hoch, beugte sich dicht über den dampfenden Inhalt, wobei natürlich die starke Brille sofort beschlug, und schnupperte, was es heute wohl zu essen gäbe, denn sie hatte ständig Hunger. Auch fiel sie während der Unterhaltung beim Mittagessen den anderen Erwachsenen oft ins Wort. Ilschen und Mani machten sich immer von neuem über sie lustig und konnten sich einfach nicht vorstellen, wie schwer das Leben für diese alleinstehende, sehbehinderte, aber hochbegabte und sensible Frau war, die noch dazu als Vertriebene die Folgen ihrer politischen Fehlentscheidungen zu tragen hatte. Glücklicherweise ist sie später doch noch an einer Oberschule eingestellt worden, wenn auch nicht in Minden.

Sehr schnell nach seiner Ankunft in Minden übernahm Großvater Zänker die seelsorgerliche Betreuung von Patienten und Schwestern im Städtischen Krankenhaus, hielt Gottesdienste und Bibelstunden und machte Besuche am Krankenbett. Auch führte er schon bald zusammen mit seinem Schwiegersohn eine gut besuchte Gemeindewoche mit allabendlichen Vorträgen durch. Gottesdienste und Kindergottesdienste waren in dieser Zeit zum Teil überfüllt, und Tante Pook hielt viele Mädchenkreise und natürlich auch die bewährte Bibelschar ab. Bei ihr wurde viel gesungen, meist dreistimmig, und von einer gewissen Zeit an trafen sich mindestens einmal im Monat am Sonntagmorgen um acht Uhr viele Mädchen aus ihren Gruppen im Städtischen Krankenhaus und sangen auf den einzelnen Fluren, um die Patienten zu erfreuen. Danach besuchten sie selber um zehn Uhr den Gottesdienst in der Marienkirche.

Erfreulich war das gute Einvernehmen unter den Pastoren, die sich regelmäßig zu Pfarrkonventen und Besprechungen trafen. Diese gute Atmosphäre war für die Kinder selbstverständlich. „Vater, da ist Bruder Puffert," sagte Hansi und machte einen tiefen Diener, wenn er den Gast begrüßte. So galt er bald als der höflichste Mann in Minden.

Während des Krieges war die Ernährung der Bevölkerung gesichert gewesen. Auch in der Nachkriegszeit gab es Lebensmittelkarten, aber nicht immer etwas dafür zu kaufen. Im Schulhof der Mädchenmittelschule in der Ritterstraße wurde Schulspeisung für potentielle bzw. ehemalige Oberschülerinnen ausgegeben: Erbsensuppe, Butterkekse, Kakaogetränk und anderes. Eine große Hilfe gleich nach der Rückkehr von der Minderheide waren die schwedischen Sendungen mit Knäckebrot, Käse und anderen schönen Dingen. Später wurde im Parterre der Knabenmittelschule eine sogenannte Volksküche eingerichtet. Faktisch bis zur Währungsreform im Juni 1948 holten Rahes ihr Mittagessen bzw. einen Großteil davon in zwei großen Kannen täglich von dort. Gemüse und Obst gab es, wenn man Glück hatte, bei dem Händler Niemeyer in der Brüderstraße zu kaufen. Zuweilen baute er auch einen Marktstand auf dem Kleinen Domhof auf. Dann reihten sich morgens in aller Frühe gewöhnlich die beiden Großen bei ihm in eine lange Schlange ein und hörten während des stundenlangen Wartens, was die Erwachsenen erzählten. Werdende Mütter wurden vorrangig bedient. „Vordrängen gibt's nicht!" sagte eine Frau sehr bestimmt. „Da kam doch neulich so eine mit einem dicken Bauch, ließ sich vorne die Taschen vollpacken, und als sie sich umdrehte und ihre Sachen wegschleppen wollte, rutschte ihr ein Kissen aus dem Mantel."

Ilschen und Mani kauften jedesmal so viel, wie sie irgend bekommen konnten. Das waren aber oft trotzdem geringe Mengen. Zum Beispiel wurden einmal Zwiebeln angeboten, von denen jeder Haushalt ein Pfund bekommen sollte. Das war aber bei einer Familie von zwölf Personen schnell verzehrt. Die auf der Lebensmittelkarte vorgesehene Fleischration verdoppelte sich, wenn man Pferdefleisch kaufte. Die zweite Kinderpflegerin, die 1946 eingestellt wurde, Helene Pauly, hatte sich sozusagen auf den wöchentlichen Einkauf von Pferdefleisch bei Feldmann spezialisiert und ging oft schon morgens vor fünf Uhr aus dem Haus, um überhaupt noch etwas zu bekommen. Die Kinder sangen:[14]
          „Rindfleisch ist teuer,
          Schweinefleisch ist knapp.
          Dann gehen wir zu Feldmann
          und holen uns Trapp-Trapp.
          Alle Leute sollen sehn,
          wenn wir bei Feldmann Schlange stehn
          für eine Mark und zehn,
          für eine Mark und zehn."

---

[14] Nach der Melodie: „Vor der Kaserne, vor dem großen Tor
          steht `ne Laterne, und steht sie noch davor.
          Alle Leute sollen sehn,
          wenn wir bei der Laterne stehn
          wie einst Lilli Marleen,
          wie einst Lilli Marleen."

Die ganze Familie hatte sich daran gewöhnt, Pferde-fleisch zu essen, nur Großmutter Rahe nicht. Sie durfte auch nicht erfahren, daß überhaupt Pferdefleisch auf den Tisch kam. Als ihr Besuch wieder einmal bevor-stand, wurde verabredet, niemand solle etwas verraten. Zum Mittagessen gab es unter anderem Frikadellen aus Pferdefleisch. In die ungewohnte Stille und Spannung hinein sagte Großmutter plötzlich: „Das ist ja Pferde-fleisch!" und schob den Teller von sich.

Mutter Ilse war unermüdlich mit dem Fahrrad un-terwegs zu Bauer Rödenbeck in Leteln oder zu Frau Weike, ihrer ehemaligen Marktfrau in Rodenbeck, um Obst und Gemüse heranzuschaffen, das sie vielfach selber an Ort und Stelle pflückte oder erntete. Ganz selten brachte sie auch ein Brot oder Milch mit nach Hause. Normalerweise wurde die Milch aber wie von der gesamten Nachbarschaft bei Vinken Vatter am Milchwagen geholt. Der arme Mann hatte seinen einzi-gen Sohn Heini durch den Krieg verloren. Immer wenn er seine morgendliche Milchrunde beendet hatte, stand seine Braune von jetzt an, vor den Milchkarren ge-spannt und mit dem Futtersack am Maul, bis über Mit-tag oben an der Hufschmiede vor der Kneipe mit dem Schild „Inhaber Wilhelm Dünkel", während er selber sich drinnen seinen Kummer von der Seele trank.

Ilschen und Mani legten mit dem Bollerwagen weite Wege nach Leteln und Aminghausen oder auch nach Rodenbeck zurück und fuhren so ihrer Mutter nach, denn das Angebot bei Niemeyer in der Brüderstraße oder auf dem Markt reichte für die große Familie nicht aus. Nach solchen Unternehmungen war Ilschen oft erschöpft vom Laufen. Sie wurde auch im Gegensatz zu Mani, die nach wie vor gesundheitlich anfällig war, oft eingesetzt, um Brennmaterial zu holen. Im Kinder- oder Wohnzimmer stand ein Ofen, der vom Herbst an beheizt wurde, während der Küchenherd das ganze Jahr über gespeist sein wollte. Einiges Brennbare wie Stuhlbeine oder Schrankteile fand sich zunächst im Bombentrichter des Pfarrhauses oder in seinem näheren Umfeld. Anfangs gab es Braunkohlenbriketts oder Eierkohle zu kaufen, aber später nur noch Braunkohlenschlamm, der mit Wasser vermischt werden mußte.

Textilien und Kleidung konnte man nirgends mehr kaufen. Aus alten Stoffen und Fahnen nähte man Röcke oder aus zwei alten Kleidern ein neues. Wer konnte, ribbelte einen alten Pullover auf und strickte für sich oder andere aus der alten Wolle etwas Neues. Schon zu Ende des Krieges hatten manche Soldaten für ihre Bräute Taschen aus Schnur bzw. Bindfaden und bunten Garnen hergestellt. Jetzt versuchten auch andere, Einkaufsnetze aus Garnresten zu häkeln oder Einkaufstaschen in Makramee-Technik zu knüpfen. Leider gab es aber nur noch Bindfaden aus gedrehtem Papier. Daraus stellte Mani einmal in tagelanger Arbeit eine große Einkaufstasche her, die sie bei Bäcker Schmidt gegen ein 1500 Gramm schweres Graubrot eintauschte. Als in den Gärten des von den Engländern besetzten Stadtteils Gemüse und Früchte reif wurden, durften einige der ehemaligen Besitzer mit besonderer Erlaubnis ihre eigenen Grundstücke zum Pflücken und Ernten betreten. Frau Melitta Bentz trat freundlicherweise ihre Rechte an Rahes ab, und so verbrachte Tante Fännlein ein paar Tage in ihrem Garten, ernährte sich hauptsächlich von Möhren und kehrte am Nachmittag mit gefüllten Taschen heim.

Die Schulen waren noch nicht wieder in Betrieb, aber als im Sommer 1945 die Kartoffelpflanzen wuchsen, wurden die Lehrer und die größeren Schulkinder zusammengerufen und zum Kartoffelkäfersuchen eingeteilt. Ilschen und Mani hatten sich täglich am frühen Nachmittag nördlich des Kleinbahnhofs Oberstadt an den Gleisen Richtung Uchte einzufinden und gemeinsam mit anderen die dortigen Felder abzusuchen. Niemand aus ihrer Gruppe hat je auch nur einen einzigen Käfer gefunden, aber die Kinder waren – mehr oder weniger sinnvoll – beschäftigt und viel an der frischen Luft.

Frau Charlotte Schlüter war wie jedes Jahr unermüdlich im Garten tätig, in dem zum Kirchplatz hin die schönsten Blumen wuchsen, dazu weiter hinten Beerenobst, Walnüsse und anderes. Ein dicht bepflanztes Beet trug viele Wochen lang Walderdbeeren, von denen sie fast täglich ein Schüsselchen voll pflückte. Einmal brachte sie Rahes ein Schälchen noch nicht ausgereifter Stachelbeeren: „Für die Kinder. Ich mache so gern jemand eine Freude." Da hatten alle viel Spaß und amüsierten sich darüber, daß sie die schönen Erdbeeren für sich behielt und die essigsauren Stachelbeeren „großzügig" verschenkte. Aber niemand nahm es ihr übel, denn sie hatte viel Schweres erlebt und war trotzdem nicht verbittert, sondern hatte durchaus ihre guten Seiten. Seit vielen Jahren war sie verwitwet und hatte außerdem ihren einzigen Sohn „Wölfel", von dem sie immerfort sprach, im Krieg verloren. Ihre Tochter war schon als kleines Kind vor langer Zeit gerade zu Weihnachten gestorben. Wenig Wert legte sie auf ihre Kleidung und auf ihre äußere Erscheinung, und nicht nur ihre Gartenschuhe waren alt und abgetragen. Aber ohne lange zu überlegen, hatte sie die große Familie Rahe nach deren Ausbombung bei sich aufgenommen und sich nie über Lärm oder das Getrappel der Kinderfüße beklagt. Manchmal wunderte sie sich allerdings, wieviel Milch gekauft wurde, oder fürchtete zu hohen Wasserverbrauch, auch bei ihren anderen Mietern. Als z. B. ihre angeheiratete Verwandte Frau Itzerott einmal krank zu Bett lag und um Wasser zum Trinken bat, brachte sie ihr ein halb gefülltes Glas mit den Worten: „Wasser ist knapp." Rahes Kinder hörten davon und fanden das lustig.

Die andere Nachbarin und Vermieterin der beiden Zimmer der Großeltern, Frau Änne Vogeler, war ebenfalls Witwe und ging täglich elegant gekleidet in Begleitung ihres Kurzhaardackels Lumpi spazieren. Ab und zu brachten Ilschen, Erika oder Mani Fleischabfälle oder Speckschwarten für ihn. Seine Augen waren dunkelblau – vom vielen Fleischfressen, wie die Leute sagten. Er freute sich immer, wenn die Kinder kamen und ihm „Leckereien" brachten. „Ist er nicht süß?" fragte seine Herrin entzückt. „Er guckt mich an wie Günther." Günther war ihr einziger Sohn gewesen, den sie großgezogen hatte, nachdem drei andere früh gestorben waren. Wilhelm Rahe hatte Günther, seiner Meinung nach einen seiner besten Konfirmanden, konfirmiert, aber schon bald danach wurde er wie fast alle jungen Männer Soldat und später wegen eines angeblichen Verhältnisses zu einer Polin erschossen. Frau Vogeler schenkte dem Konfirmator ihres Sohnes zur Erinnerung dessen Lederhandschuhe – in den Wirren des Krieges und der Nachkriegszeit ein besonders kostbares, wenn auch zwiespältiges Geschenk.

Eines Tages wurde Lumpi schwerkrank und starb auf Frauchens Schoß. Sie war so voller Kummer, daß nur eins helfen konnte: ein neuer Dackel. Der wurde auch bald gefunden, hieß Etzel und war noch sehr klein, braun und wollig, als er zu ihr kam. Etzel wuchs schnell zu einem wunderschönen Langhaardackel heran, aber überlebte die Staupe nicht. Da konnte man an einem Sommermorgen des Jahres 1946 in aller Frühe Charlotte Schlüter am Zaun ihres Gartens entlang zur Immanuelstraße 7 schleichen sehen. Als sie gegen Mittag zurückkehrte und Großvater sie ansprach, sagte sie nur: „Wir haben zusammen geweint."

Mani hatte 1945 den ganzen Sommer über viel unter Asthma und Bronchitis zu leiden. Das Schlafzimmer, das sie mit Ilschen und Erika teilte, lag nach Osten und sozusagen in Rufnähe zu Vieths. Jedesmal wenn sie wieder einen oder mehrere Tage im Bett zubringen mußte, brauchte nur jemand über die Gärten hinweg zu rufen, und Heidi stellte sich zum Spielen ein. „Mensch-ärgere-dich-nicht" oder eine Abwandlung davon „Wie-du-mir-so-ich-dir", Mikado und anderes lenkten von der Atemnot ab. Heidi wurde die treuste Unterhalterin, und wenn Irmi, inzwischen zwei Jahre alt, noch dazukam und die beiden größeren Mädchen mit ihrem kleinkindlichen Charme entzückte, war das Glück vollkommen. Wenn es Mani dann wieder besser ging, betätigten sich die beiden Freundinnen kreativ. In einer Seilerei in der Obermarktstraße besorgten sie sich z. B. den schon erwähnten Papierbindfaden – anderen gab es ja nicht – und fingen an, Taschen in Makrameetechnik herzustellen. Heidi war immer diejenige, die neue Ideen einbrachte. Einmal umarmten die beiden sich spontan, und Heidi rief: „Wir sind Heidchen und Maidchen. Wir wollen immer zusammenbleiben!"

Im Herbst lieh Mani eins ihrer Lieblingsbücher „Die Familie Pfäffling" von Agnes Sapper an Heidi aus. Die war von der Gestalt des achtjährigen Frieder, der über dem Geigenspiel die ganze Welt vergessen konnte, begeistert und geradezu hingerissen. Eine Geige, das war es, was sie sich brennend zu Weihnachten wünschte. Nachdem sie sie bekommen hatte, übte sie täglich und fleißig, ganz anders als Mani auf dem Klavier, das zu traktieren ihr nach wie vor keine Freude bereitete. Wenn Mani nun zu Bett lag, kam Heidi immer seltener. Einmal sagte sie ihr: „Du kriegst sowieso keinen Mann. Denn welcher Mann will schon eine kranke Frau haben?" Mani hatte bis dahin kaum darüber nachgedacht, ob sie einmal heiraten würde oder nicht. Sie war ja froh, daß sie überhaupt noch lebte. Am liebsten wäre sie später einmal auf einen Bauernhof gezogen, aber sie hatte schon früh erkannt, daß sie der schweren körperlichen Arbeit dort nicht gewachsen war. Jetzt stellte sie fest, daß die Freundschaft mit Heidi zu Ende war – Heidchen und Maidchen, die Unzertrennlichen, waren durch verschiedene Interessen auseinandergerissen. Das war der erste große Schmerz in Manis Leben.

Es ist verständlich, daß Mutter Ilse diejenige war, die sich am meisten um Mani kümmerte, wenn sie zu Bett lag. Da waren die regelmäßig wiederkehrenden Waschtage, an denen die Mutter, unterstützt von einer Waschfrau, fast den ganzen langen Vormittag in der von dichten Dampfschwaden eingehüllten Waschküche zubrachte, nachdem sie schon am Vortag die schmut-

152

zige Wäsche der großen Familie sortiert und einge-
weicht hatte. Der große Waschkessel wurde beheizt,
und die vorbereiteten Wäschestücke wurden zusammen
mit dem Waschpulver hineingegeben, anschließend auf
dem Waschbrett gerieben und in großen Wannen dreimal gespült. Beim letzten Auswringen stand Ilse oft
allein, weil ihre Waschfrau nach dem Mittagessen meist
nicht mehr lange bleiben konnte. So hängte sie die Wäsche allein auf, meist auf dem Trockenboden im dritten
Stock des Hauses oder im Sommer auf der Bleiche im
Nachbargarten Marienkirchplatz 5. Im Winter waren
ihre Hände so eiskalt, daß sie gern zu Mani kam, wenn
die wieder einmal zu Bett lag, und ihre fast erstarrten
Finger unter Manis warmer Decke aufwärmte. Dann
schwätzten die beiden immer miteinander, und Mani
freute sich jedesmal sehr über den lieben Besuch. Die
drei ältesten Geschwister Ilschen, Eri und Hansi tauchten selten im Krankenzimmer auf. Wenn irgend möglich, beschäftigte Mani sich im Bett mit Häkelarbeiten
oder dem Herstellen von Scherenschnitten und anderen
Basteleien. So hatte sie für die verschiedensten Gelegenheiten kleine Geschenke. Großvater begutachtete
die jeweils jüngsten Erzeugnisse und gab Anregungen,
was sie beim nächsten Mal vielleicht noch verbessern
könnte. Vor der Zerstörung des „Alten Hauses", wie
das Pfarrhaus Marienkirchplatz 3 jetzt genannt wurde,
hatte Mani Puppenkleider gestrickt und gehäkelt, aber
das war jetzt nicht mehr aktuell. Sie las gern und hat
vermutlich alle Bücher von Johanna Spyri, die großen-
teils aus der Kinderbücherei ihrer Mutter stammten,
gelesen, z. T. auch mehrmals, ebenso „Die Familie
Pfäffling" und ähnliches. Was sie aber immer aufs neue
geradezu verschlingen konnte, waren die deutschen

Heldensagen. Treue und Liebe bis in den Tod – und darüber hinaus – fand sie darin auf verschiedenartigste Weise besungen. Die Gestalt der Gudrun hatte es ihr ganz besonders angetan. Den klassischen Sagen des griechischen Altertums konnte sie dagegen nichts abgewinnen, auch wenn der Vater meinte, man müsse sie kennen und aufmerksam gelesen haben. Kam er zu ihr ins Krankenzimmer, fragte er meist: „Unser Sorgenkind, warst du wieder einmal zu leicht angezogen?" Über diesen Satz hätte Mani heulen können. Wodurch sie sich im Einzelfall erkältet hatte, wußte sie selten, und als Sorgenkind bezeichnet zu werden, kränkte sie. Wenn sie nur gewußt hätte, was sie gegen die große Anfälligkeit ihrer Atemwege hätte tun können, sie hätte alles auf sich genommen, um ihr wirksam zu begegnen.

Zwei Träume hatte Mani immer wieder: Im ersten sah sie ihre Mutter in einem langen Flüchtlingszug an sich vorüberfahren. Die einzelnen Wagen des Zuges bestanden aus einem einfachen, brettartigen Gestell mit Rädern darunter. Mutter Ilse hielt ein paar einfache weiße Schüsseln auf dem Schoß – offenbar alles, was sie von früher gerettet hatte, aber der Zug fuhr an Mani vorüber, und die Mutter entschwand ihren Blicken. Außerdem träumte Mani oft, daß ihre Mutter und später auch ihr Großvater im Sterben lägen oder gerade gestorben seien.

Bei Lagemann und Schelken, dem Kaufhaus in der Nähe des Wesertors, hatte es leere Munitionskisten aus rohem Holz gegeben. Die größeren Kinder bekamen alle ein solches Holzkistchen geschenkt und konnten darin ihre Schätze verwahren: Lieblingsbücher, etwas Schmuck, Ansichtskarten von Minden vor der Zerstörung und andere Fotos, irgendeinen Lieblingsgegenstand, einen Riegel Schokolade oder auch fest verpackte Butterkekse von der Schulspeisung. Wenn Mani mit Asthma oder Bronchitis zu Bett lag, stand die kleine Kiste griffbereit neben ihr. Es kam immer häufiger vor, daß sie nachts oder auch vormittags einen starken Asthmaanfall bekam, sich dabei, vor allem vormittags, tüchtig übergab, oft nur noch Galle spuckte und nicht eher Ruhe fand, als bis Onkel Helle ihr eine Spritze zur Entkrampfung der spastisch verengten Bronchien gab, die sich von allein nicht wieder beruhigt hätten. In solchen Situationen war sie dankbar, wenn Mutter oder Onkel Waldi, der ja bis 1946 in Minden lebte, ihr die Brechschale hielten. Wenn die Luftnot am größten war, war Onkel Helle immer gleich zur Stelle, Tag und Nacht. Wie oft er Mani dadurch das Leben gerettet hat, kann man gar nicht mehr sagen.

Manches Mal fühlte Mani sich während und nach einem Asthmaanfall sterbenselend und rechnete deswegen mit ihrem frühen Tod. Sie fand es schön, bis jetzt gelebt zu haben, fürchtete sich aber auch nicht zu sterben und überlegte, wem sie welchen Gegenstand aus ihrer Schatztruhe vererben könnte, denn möglichst alle, die sie liebhatte, sollten ein Erinnerungsstück an sie bekommen. Ihr Lieblingslied, das sie von ihrem vierten Lebensjahr an begleitet hatte, gab ihr Mut:

„Sollt ich denn nicht fröhlich sein,
ich beglücktes Schäfelein?
Denn nach diesen schönen Tagen
werd` ich endlich heimgetragen
in des Hirten Arm und Schoß.
Amen, ja mein Glück ist groß."

An gesunden Tagen war Mani wie früher sehr unternehmungslustig. Gern strich sie mit ihrer Freundin Dorothee Lohmann, deren Großeltern mütterlicherseits das Pfarrhaus Marienkirchplatz 3 einst erbaut hatten, in der Ruine umher und riß Tapetenstücke von den Wänden, um sie als Erinnerung in ihrer Schatztruhe zu verwahren. Im ehemaligen Garten klopfte ein Arbeiter den Mörtel von herumliegenden Backsteinen ab und schichtete sie säuberlich auf. Der hohe Birnbaum und neben der Veranda die alte Weide, auf der die Kinder so oft herumgeklettert waren, hatten im Gegensatz zu den Apfelbäumen und anderen Bäumen und Sträuchern im Garten die Verwüstungen überstanden.

Nach dem verlorenen Krieg waren die finanziellen und räumlichen Möglichkeiten privater und öffentlicher Aktivitäten stark eingeschränkt. Wilhelm Rahe stellte dem Erbauer des Berliner Olympiastadions Werner March den Anbau des Gemeindeamts Marienkirchplatz 5 als vorläufiges Architekturbüro zur Verfügung. Vor allem die kleinen Geschwister Erika und Hans-Wilhelm bestaunten die Zeichnungen und Entwürfe, die er und seine Mitarbeiter anfertigten. Längst ehe er Pläne für das Landeshaus in Münster oder gar den Wiederaufbau des Mindener Doms ausarbeiten konnte, machte er für die Wiedererrichtung des zerbombten Pfarrhauses einen Plan, der leider nicht verwirklicht wurde.

Das Gemeindeamt wurde vorübergehend in andere Räume des Hauses Marienkirchplatz 5 verlegt, wodurch sich auch bei Vieths einiges änderte. Vater Wilhelm Vieth richtete seine Rendantur innerhalb der Wohnung ein und zog dort nebenbei einen Turmfalken groß, ein wunderschönes, goldgefiedertes, stattliches

Tier, das aus dem Nest gefallen war und zwischen Stö-
ßen von Akten und Papier seine Marke verteilte. Frau
Gertrud Vieth, die die Musik über alles liebte und ihr
Cello immer meisterlicher spielte, scharte am Sonntagnachmittag junge Leute zum Musizieren um sich.
In der Artilleriekaserne am Anfang der Portastraße
lebte ein ehemaliger Soldat namens Warnke, der offensichtlich nicht mehr nach Hause konnte und sich freute,
wenn er von Vieths zur Hausmusik oder auch zu Rahes
eingeladen wurde. Aus alten Eisenteilen stellte er
Spielzeug her, für Eri einen Roller, für Hansi einen
Sturzhelm und ein Laufrad, und er reparierte das alte
Dreirad von Ilschen und Mani für Irmi und Hansi. Der
spielte draußen so begeistert, daß er noch ein Jahr später, als er bereits eingeschult war, auf die Frage seiner
Mutter, ob er denn keine Hausaufgaben machen müsse,
immer nein sagte. Das kam Mutter Ilse merkwürdig
vor, und sie erkundigte sich bei Frau Goeke, seiner
Lehrerin. Die erklärte, sie mache sich ernstlich Sorgen
um den Jungen, denn immer wenn sie die Schularbeiten
nachsehen wolle, habe er keine gemacht und sagte: „Ich
hatte keine Zeit, ich mußte auf dem Kirchplatz spielen."
Vater Wilhelm übte das Rechnen mit ihm. Da brach es
aus ihm heraus: „Werden denn die kleinen Kinder nur
darum geboren, damit sie in die Schule gehen müssen?"
Danach war die ganze Familie freudig überrascht, als in
seinem ersten Halbjahreszeugnis stand: „Guter Anfang".
Die alte Frau Reimann in der Marienstraße war
plötzlich sehr hinfällig geworden. Ihre Schwiegertochter und eine Enkelin versorgten sie, aber die Tiere, ihre
Hühner und einen alten Dackel, gab es nicht mehr. Der
für die Kinder früher so geheimnisvoll anmutende Gar-

ten lag verwahrlost und öde da. In das alte Haus zog ein baltischer Arzt, Dr. Treu, mit seiner Schwägerin ein, die er später heiratete. Sie hatte zwei Töchter, von denen eine, zwanzig Jahre alt, zeitweilig als Schreibkraft für Großvater und für Vater Wilhelm arbeitete.

Zwischen dem Schlüterschen und dem Vogelerschen Haus bepflanzte Frau Diers, die Frau des Molkereidirektors, mit bewundernswertem Erfolg ein großes Stück Gartenland, was die Raheschen Kinder vom Küchenbalkon aus beobachteten und worüber sie immer wieder neu staunten.

Hinter diesem schönen Garten wohnten Bredemeiers, Mitarbeiter in der Molkerei und für die Kinder deswegen interessant, weil ihre Tochter Inge Bachler Sängerin war, sich gern auf dem Balkon sonnte und weithin zu hören war, wenn sie Unterricht gab oder selbst ihre Gesangsübungen machte. Auch hatten Bredemeiers dieselbe Hausschneiderin wie Rahes, Fräulein Ohlemeyer, die so viel Arbeit hatte, daß sie gar nicht alle Wünsche ihrer Kundinnen erfüllen konnte.

Gegenüber der Molkerei an der Immanuelstraße lag die Bessel-Oberschule, eine Oberrealschule für Jungen. Daneben wohnte die Familie des Oberstudiendirektors Schulze, der in Kriegsgefangenschaft geraten war. In das große Haus wurde eine kinderreiche Sinti-Familie einquartiert, eine arge Belastung für die Hausfrau. Die kleinen, flinken Mädchen kletterten über Zäune und Tore, saßen in den Bäumen oder rittlings auf den Fensterbänken und riefen immer dann, wenn Ilschen, Mani oder Eri vorbeikamen: „Ä-rika!"

158

Trotz Zusatzernährung für unterernährte Kinder war Mani so abgemagert, daß die Eltern beschlossen, sie aufs Land zu bringen, damit sie sich kräftige. Ende November 1945 schneite es tüchtig, als die drei die Mindener Kreisbahn in Lübbecke verließen und Vater Wilhelm das Köfferchen, Mutter Ilse das Kind hinten auf das Fahrrad setzte und sie sich nach Niedermehnen bei Levern zu Wehrmanns, den Eltern ihrer ehemaligen Hausgehilfin Frieda, die anderthalb Jahre im Raheschen Haushalt gearbeitet hatte, aufmachten. Die Postbusse fuhren unregelmäßig und selten, so daß man nicht damit rechnen konnte, mitgenommen zu werden. Während der Fahrradfahrt pfiff ein eisiger Wind. Die Straßen waren so glatt, daß Mutter Ilse wohl fünfundzwanzigmal mit dem Fahrrad stürzte, aber weder sie noch Mani verletzten sich dabei.

Mit acht und neun Jahren, also noch während des Krieges, hatte Mani jeweils nach Weihnachten vierzehn Tage auf dem Bauernhof verbracht, und das hatte ihr beide Male gutgetan. Aber damals hatte Frieda Mani von zu Hause abgeholt. Bei der allerersten Ankunft auf dem Wehrmannschen Hof wurden gerade die Kühe mit zerkleinerten Steckrüben und mit Heu und Stroh vom Balken[15] gefüttert und danach per Hand gemolken. Mani war fasziniert, denn so etwas hatte sie noch nie erlebt. Schon bald kannte sie jede Kuh mit Namen: Ida, Lieschen, Frieda, Erna, Helga, Molly, Fanny, Bunte. Lieschens inoffizieller Name, auf den sie sogar hörte, war Nazi, denn auf dem Rücken trug sie eine schwarze Zeichnung, die wie ein Hakenkreuz aussah. Die Kuh Frieda war rotbraun, weswegen Wehrmanns von ihr sagten: „Braun wie Adolf, dick wie Göring, großes

---

[15] Westfälischer Ausdruck für Heuboden.

Maul wie Goebbels." Es gab noch ein paar junge Rinder, ein paar Kälbchen, zwei Ackergäule, nämlich einen Grauschimmel und eine Art Haflinger, dazu viele Schweine, ein paar Schafe, Enten und viele Hühner. Die Eltern Wehrmann, ein russischer Kriegsgefangener und die beiden Töchter Luise und Frieda mußten während des Krieges die viele Arbeit auf dem Hof allein schaffen, da die beiden Söhne Willi und Fritz eingezogen waren und nur ab und zu einen Brief aus dem Feld nach Hause schickten. Obwohl die Nazis es verboten hatten, aß der russische Knecht mit am Tisch und saß auch abends mit der Familie in der Wohnküche. Fast alles, was man zum Leben brauchte, wurde selbst angepflanzt und selbst hergestellt. Zum Beispiel wurden im Sommer geerntete Bohnen getrocknet und im Winter mit dem Dreschflegel von Hüllen und Laub befreit, und gedroschene Gerstenkörner röstete man als Ersatz für Kaffee.

Im Winter ging es ruhiger zu als sonst. Die alten Männer flochten Weidenkörbe und banden Stallbesen aus Birkenreisig. An den langen Abenden wurde Schafwolle verarbeitet – auseinandergezupft, gekratzt, so daß sie in gleichmäßigen, nahezu rechteckigen dünnen Lagen aufgeschichtet und danach gesponnen werden konnte. Mani liebte das gleichmäßige Surren der Spinnräder, die auch am Tage betätigt wurden, wenn keine andere Arbeit anfiel, aber niemals am Sonntag, denn der war dem Gottesdienstbesuch und der Ruhe vorbehalten. Am Sonntag wurde nur die unaufschiebbare Arbeit in Haus und Stall verrichtet. Wenn die Wolle gesponnen war, wurde sie gehaspelt, gewaschen, getrocknet und schließlich zu Socken oder Pullovern verstrickt. Nachbarinnen oder Verwandte kamen und bestaunten die gute Qualität. Das alles spielte sich in der Wohnküche ab, die ihre Gemütlichkeit vor allem dem großen eisernen Etagenofen verdankte, der unten neben der Feuerstelle einen Backofen hatte. Darüber wurde gekocht, und in das oberste Fach legte man gleich am Morgen einige Äpfel, die abends als fertige Bratäpfel wunderbar schmeckten. Manchmal im Winter oder Frühjahr stand aber auch der große Webstuhl in der Wohnküche. Mutter Wilhelmine Wehrmann, von allen „Wähms Mamme" genannt, hatte den Flachs selbst gesponnen und die Kette vorbereitet. Sie und ihre Töchter webten Tisch- und Bettwäsche. In einem unbewachten Augenblick versuchte Mani auch, das Schiffchen hin und her zu bewegen, doch sie zerriß dabei nur die Fäden.

„Auf der Möse"[16] in Niedermehnen hatte jeder Hof drei sogenannte Todesnachbarn. Einmal erlebte Mani mit, daß ein Nachbar gestorben war. Sofort nachdem Wehrmanns das erfahren hatten, holten Luise und Frieda die selbstgewebte Tischwäsche aus der Truhe, bügelten sie auf und bereiteten zusammen mit anderen Nachbarn alle Einzelheiten der Beerdigung und der auf dem Hof des Verstorbenen stattfindenden Nachfeier vor, so daß die Angehörigen sich um nichts zu kümmern brauchten.

Mutter Wilhelmine Wehrmann war eine fromme Frau. Sie bestimmte wesentlich die gute Atmosphäre im Haus. Nach getaner Arbeit las sie abends die Andacht auf dem Abreißkalender, der in der Küche hing. Ihren Töchtern empfahl sie, vom Fahrrad abzusteigen und ein Gebet zu sprechen, wenn sie unterwegs einem Leichen-

---

[16] Flurbezeichnung.

zug begegneten. Das war ab und zu der Fall, da die Trauerzüge sich gewöhnlich vom Haus der Verstorbenen aus in Richtung Friedhof bewegten.

Vorbildlich war der Zusammenhalt in der Familie. Ein älterer Bruder von „Wähms Pappe" hatte in Castrop-Rauxel einen Getränkehandel aufgemacht, aber ihn und seine Kinder zog es immer wieder in die alte Heimat. Der älteste Bruder, der in der Gegend geblieben war, aber es nicht weit gebracht hatte, kam regelmäßig im Winter und fand Obdach bei Bruder und Schwägerin. Diese hatte einen Bruder, der den elterlichen Hof in Levern geerbt hatte, und mehrere Schwestern, von denen eine früh verstorben war. Den Witwer und die beiden Töchter Luise und Hilde ließ man nicht im Stich. „Tönsings Hilde" blieb bei ihrem Vater, „Tönsings Luise" wuchs bei ihrer Tante Frau Stegmann, „Stechems Mamme", auf, die nur eine etwas ältere Tochter hatte. Einen Tag vor Silvester wurde deren Geburtstag gefeiert. Sie lud alle ihre Kusinen dazu ein, und auch Mani durfte mitkommen. Als der Weihnachtsbaum angezündet wurde, bestaunte Mani die Wunderkerzen, die sie bis dahin noch nie gesehen hatte. Bemerkenswert ist auch die Tatsache, daß die Schwestern sich gegenseitig halfen, wenn besonders viel Arbeit anfiel. Wurde z. B. bei Wehrmanns gewurstet, half Stechems Mamme den ganzen Tag über, bis ihr Mann sie abends – natürlich zu Fuß – abholte. Umgekehrt war Wähms Mamme außer Hauses, wenn Stegmanns geschlachtet hatten.

Am Sonntag wurde wie gesagt nur die dringendste Arbeit in Haus und Stall erledigt, aber nicht gesponnen, gehaspelt oder gewebt. Weil niemals alle auf einmal den Hof verlassen konnten, gingen jeweils nur einige

Familienglieder zum Gottesdienst nach Levern in die wunderschöne alte Dorfkirche. Meist fuhren sie mit dem Fahrrad dorthin. Zur Kirche trug man Lederschuhe, während sonst nur Holzschuhe üblich waren. Am Sonntagnachmittag wurden Spiele gemacht. Frieda und Luise, die sonst in der Woche höchstens abends mal Zeit für ein Mühlespiel fanden, spielten sonntags Halma, Mühle, Dame und Mensch-ärgere-dich-nicht mit allen Kindern, die sich einfanden, aber auch frei erfundene Spiele mit Würfeln und alten Knöpfen. An gewissen Sonntagen kamen die Verwandten, oder man machte selber Besuche, tauschte Neuigkeiten aus und begutachtete nach dem Kaffeetrinken das Vieh des Gastgebers. Danach in gemütlicher Runde besonders im Sommer ging ein Schnapsglas herum, und jeder tat einen kräftigen Schluck. Ein früherer Pastor der Nachbargemeinde Wehdem mit Namen Nachtigall soll gesagt haben: „Wer niemals einen Rausch gehabt, der ist fürwahr kein rechter Mann." Daran hielt man sich, allerdings meist nur in der älteren Generation.

Seit dem Krieg verwaltete der stark sehbehinderte Pastor Kocherscheid unter enormem Einsatz und Fleiß die Pfarrstelle Levern mit ihren fünf Dörfern. Gern hätte er sich dort zum Pfarrer wählen lassen, aber er war reformiert und nicht lutherisch wie die Gemeinde Levern, und außerdem war der zum Kriegsdienst eingezogene und später als vermißt geltende Pfarrer Radeke immer noch offizieller Pfarrstelleninhaber. „Use Pschtor", sagten die Leute, wenn von ihm die Rede war, und so mußte Pastor Kocherscheid einige Zeit nach Kriegsende Levern schweren Herzens verlassen.

Schon mit acht Jahren hatte Mani in Mehnen mit vielen Kindern gespielt, am liebsten aber mit Bünkes

Willi, der mit seinen Eltern und seiner Schwester Anita in einem zum Wehrmannschen Hof gehörenden Kotten wohnte und nur einen Monat älter als Mani war. Er freute sich jedesmal, wenn sie wiederkam. Die beiden unternahmen gemeinsam viel dummes Zeug, balgten sich und stiegen beim Versteckenspielen abends sogar einmal zusammen in ein allerdings leeres Jauchefaß, wo die andern sie nicht vermuteten und daher auch nicht finden konnten.

Manis Vater hatte ihr zu Hause die Aufgabe gestellt, alle Hausinschriften und Sprüche über den Türen abzuschreiben. So malte sie die große Deelentür, das Scheunentor und die Tür zum Schweinestall, über der in gotischen Lettern der Wahlspruch der Benediktiner „Bete und arbeite" stand. Über dem breiten Scheunentor war unter anderem auch der Name des Poliers angegeben, und über der Deelentür konnte man neben den Namen der Erbauer des Hauses den Spruch „Ora etza bora"[17] lesen, den Mani lange nicht verstand.

In der Zwischenzeit seit Manis letztem Aufenthalt bei Wehrmanns mit neun Jahren hatten Rahes zwangsläufig mehrere Monate auf einem ganz anderen Bauernhof mit völlig anderer Atmosphäre zugebracht und sich absolut nicht wohlgefühlt. Jetzt war Mani elf Jahre alt und begierig, ihr geliebtes Mehnen wiederzusehen. Früher hatte sie schon von Luise gelernt, wie man feine Deckchen häkelt oder strickt, und angefangen, die Tageszeitung zu lesen. Sie hatte nun genügend Zeit, aus den vielen mitgebrachten Materialien Weihnachtsgeschenke für die ganze Familie herzustellen. Ihre Mutter und Großmutter Zänker sollten jede eine Einkaufstasche aus Papierbindfaden bekommen. Mani dichtete

---

[17] Verschreibung des lateinischen „Ora et labora".

auch ein Weihnachtslied, schrieb es säuberlich auf und malte rundherum Tannenzweige und eine Krippe mit Josef und Maria. Die dazugehörige Melodie behielt sie im Kopf.

Inzwischen war Wehrmanns ältester Sohn Willi aus dem Krieg zurückgekehrt und hatte schon im Sommer auf den Meierhof in Eilshausen geheiratet, auf dem er anfangs als Verwalter tätig gewesen war. Als ältester Sohn, so wollte es das ungeschriebene Gesetz, konnte er den elterlichen Hof nicht übernehmen. Mutter Wehrmann weinte viel um Fritz, den Jüngsten, der erst in den USA, dann in Schottland als Kriegsgefangener lebte. Wehrmanns hatten wieder einen Knecht, und drei Räume waren von Flüchtlingen bewohnt.

Im Sommer 1946 wenige Monate nach Friedas Hochzeit mit Wilhelm Kolthoff besuchten Ilschen und Mani Frieda ein paar Tage in ihrem neuen Zuhause. Diesmal waren sie nach der Fahrt mit der Kleinbahn bis Lübbecke darauf angewiesen, daß der Postbus sie bis Levern mitnahm. Vorsorglich hatten sie von zu Hause Zigaretten, die man auf Lebensmittelkarten kaufen konnte, für den Fahrer mitgenommen, damit er sie auch wirklich einsteigen ließ. Nach langer Wartezeit auf dem Marktplatz in Lübbecke und einer schönen Fahrt durch die Dörfer kamen sie schließlich an der Post in Levern an, wo sie von Irmgard Scholten, einem Ferienkind aus einer kinderreichen Familie, das sich auf dem Bauernhof sattessen sollte, abgeholt wurden. Es war die Zeit der Weizenernte und herrliches Wetter. Die Männer schnitten das Korn mit der Sense, und die Frauen banden die Garben. Die ersten Augustäpfel wurden reif, und es gab eine Menge Arbeit. Alle waren frohgestimmt. Weil die Räumlichkeiten bei Kolthoffs beengt waren, schliefen die beiden Schwestern mit dem jungen Paar in den Ehebetten, erst Wilhelm, dann Frieda, dann Ilschen und schließlich Mani am Fenster.

Von jetzt an verbrachte Mani regelmäßig einen Großteil ihrer Sommer-, Weihnachts-, Oster- und manchmal auch Pfingstferien auf dem Land. Sie nahm noch lange Zeit Zigaretten für den Busfahrer mit, der sie dann aber auch jedesmal sicher beförderte, nachdem sie in einer überfüllten Gaststube am Markt in Lübbecke mehrere Stunden bis zur Abfahrt gewartet hatte. In Mehnen spielte sie mit allen Kindern, die sich einfanden, und kam auch dann noch zu Wehrmanns, als Luise geheiratet hatte und Fritz längst wieder zu Hause war und den Hof übernommen hatte. Zu Hause schrieb sie ab und zu Briefe an Wehrmanns und freute sich jedesmal sehr, wenn vor allem Mutter Wehrmann ihr mit einem langen Brief antwortete. Auch in Niedermehnen wurde Mani von Bronchitis und Asthma geplagt, aber niemals so schwer wie in Minden.

Im Januar 1948 erwartete Frieda ihr erstes Kind. Alle warteten mit Spannung auf dies freudige Ereignis. An einem Abend hatte Mani wieder gehandarbeitet, aber danach nicht gut aufgeräumt. Da es so Sitte war und es auf dem Land nur wenige Telefone gab, wollte der glückliche Vater den Schwiegereltern die frohe Nachricht von der Geburt ihrer ersten Enkeltochter Irmgard persönlich überbringen. Als er sich daher auf dem Sofa in der Wohnküche gemächlich niederließ, um in Ruhe zu erzählen, sprang er plötzlich wie von einer Tarantel gestochen in die Höhe: Mani hatte eine Nähnadel im Sofa stecken lassen!

Was Mani in Mehnen besondere Freude bereitete, war das Singen. Wenn die Kühe abends gemolken wurden, saß sie oben auf der Leiter unter der Luke zum Balken und gab für die Melkenden unten ein Wunschkonzert. In dem großen Kuhstall herrschte eine gute Akustik. Mani sang aus vollem Hals alle Volkslieder, die sie kannte, und die Melkenden unten hörten gern zu. Dagegen klappte das Singen zu Hause leider nicht immer so gut. Dort übte Ilschen von Zeit zu Zeit mit den drei nächstjüngeren Geschwistern (Irmi war ja noch zu klein) einfache dreistimmige Liedsätze ein, die sie bei Tante Pook gelernt hatte. Eri und Hansi sangen die Melodie, sie selber die dritte Stimme, und Mani sollte die zweite übernehmen, was zuweilen recht gut gelang, z. B. zu Weihnachten 1945, jedoch nicht an Großvaters siebzigstem Geburtstag im Juni 1946. Damals brach Mani in Tränen aus und lief aus dem Zimmer. Es war ihr Kummer, daß sie nicht so musikalisch war wie Ilschen oder auch wie Vieths.

Eines Tages zu Beginn des Jahres 1946 nahm die Oberschule für Mädchen den Unterricht teilweise wieder auf, allerdings nicht im eigenen Gebäude, das immer noch englisches Lazarett war, sondern in der Mädchen-Mittelschule in der Ritterstraße, und zwar am Nachmittag zunächst an drei, später an fünf Tagen. Vormittags wurden die Räume nämlich von der Mittelschule benutzt. Weil wenig Heizmaterial zur Verfügung stand, gab es den Winter hindurch mehrere Wochen Kohleferien. Die Schülerinnen mußten einmal pro Woche erscheinen und sich in den einzelnen Fächern Hausaufgaben geben lassen. Mani stellte fest, daß das alte Klassenbuch vom Herbst 1944 weitergeführt wurde, allerdings ohne die alten Eintragungen zu berücksichtigen. Also brauchte sie die drei Rügen nicht mehr zu fürchten. Sie atmete erleichtert auf, weil ihre Sorgen und Ängste sich aufgelöst hatten. Die meisten Klassenkameradinnen kannte sie von früher, denn nur wenige neue waren hinzugekommen.

Schulbücher gab es nicht, da die alten aus der Zeit des Nationalsozialismus nicht mehr benutzt werden durften und noch keine neuen gedruckt waren. Als Hefte nahm Mani zunächst Mutter Ilses alte, zum Teil mit Bleistift, zum Teil mit Tinte beschriebene Schulhefte, die erstaunlicherweise die Ausbombung überlebt hatten, drehte sie um und schrieb, ähnlich wie andere Kinder es auch taten, zwischen die Zeilen, die ihre Mutter während ihrer Schulzeit vollgeschrieben hatte. Oder sie tauschte bei Kampeter, dem Papiergeschäft zwischen der Bäckerstraße und dem Großen Domhof, wo sie früher schon, als die Schulen noch geschlossen waren, Ansichtskarten von Minden vor der Zerstörung erstanden hatte, Altpapier gegen linierte und karierte Hefte mit braunem Papier ein, das sich ähnlich wie Butterbrotpapier anfühlte und meist doppelzeilig beschrieben wurde.

In diesem sehr kalten Winter hatten Rahes es gut, denn außer dem Kohleherd in der Küche konnten sie den Ofen im Kinder- bzw. Wohnzimmer heizen. Der schon erwähnte Braunkohlenschlamm wurde mit kaltem Wasser angerührt und in den bereits angezündeten Ofen gegeben. Das machte viel Schmutz, brannte aber einigermaßen gut. Wenn man die Deckplatte des Ofens abnahm, konnte man auf dem beheizten Ofen sogar Brot rösten und dadurch Aufstrich ersetzen, denn der war ebenso knapp wie viele andere Lebensmittel. Und da saßen sie vormittags alle um den großen Eßtisch herum: Vater Wilhelm an seiner Predigt oder an sonstigen Arbeiten und Vorbereitungen, „die drei Großen" und außerdem die drei Fahrschülerinnen Margret und Gertrud Georges aus Lahde und Renate Salzmann aus Holzhausen, die nur frühmorgens die Möglichkeit hatten, in die Stadt zu fahren, und irgendwo bleiben mußten, ehe am Nachmittag die Schule begann. Sechs Mädchen machten ihre Schularbeiten, während die beiden Kleinen, Hansi und Irmi, meist am Kindertisch spielten. Daja, die ja nun woanders wohnte, gab mehrfach zu verstehen, daß sie der Kälte wegen dem riesigen Pfarrhaus nicht nachtrauere. „Wir wären darin alle miteinander erfroren," meinte sie.

Vor der Schule gab es außer dem Essen aus der Volksküche reichlich oft Kartoffeln mit Möhren oder Möhren mit Kartoffeln, die beide im Keller eingelagert waren. Großvater machte seine Witze. Er aß nicht gerne Möhren und sagte darum: „Was mach ich nur? Möhren hat mir doch mein Arzt verboten!" Normalerweise traf er erst kurz vor dem Mittagessen in der Stiftstraße 4 ein, während Großmutter oft bei der Essensvorbereitung half.

Die Großeltern hatten schlimme Nachrichten erhalten: Vertriebenentransporte aus Schlesien rollten in unbeheizten Zügen gen Westen. Wie viele Menschen dabei erfroren oder sonstwie ums Leben kamen, wußte man nicht. Auch von den dreihundertfünfzig bis fünfhundert verschleppten Frauen aus Pommern und Schlesien, die einfach von der Straße weg nach Sibirien deportiert worden waren, und von den unzähligen verschwundenen Kindern, die nie wieder auftauchen würden, ahnte im Westen Deutschlands kaum jemand etwas.

In der Mindener Oberschule für Mädchen war alles noch sehr behelfsmäßig. Es fehlte nicht nur am eigenen Gebäude und an Schulbüchern, sondern auch an Lehrern, weil viele von ihnen noch entnazifiziert werden mußten oder noch nicht aus der Gefangenschaft zurückgekehrt waren. Die Lehrkräfte schrieben englische und später auch französische Texte an die Tafel, von der die Schülerinnen sie ebenso wie Unterrichtsgegenstände aus anderen Fächern in ihre Schulhefte übertrugen.

Nicht alle Unterrichtsstunden konnten mit Fachlehrern besetzt werden. Mani bekam Mathematikunterricht bei Thea Hennings, einer „technischen Lehrerin" mit den Fächern Handarbeit und Sport. Solange die Schule noch nicht wieder mit dem Unterricht begonnen hatte, hatte Fräulein Hennings bei Bäcker Schmidt Brötchen verkauft, um sich und ihrem Neffen zusätzliche Nahrung zu verschaffen. Sie hatte die Gewohnheit, die Sextanerinnen nach jeder Klassenarbeit in „Mathematik" umzusetzen, und zwar die Besten nach vorn, die Armen mit den schlechtesten Noten nach hinten. Die Letztgenannten mußten außerdem jedesmal nach Rückgabe der Klassenarbeiten aufstehen und sich von den andern anschauen lassen, was Mani als beschämend empfand. In der Handarbeitsstunde ließ Thea Hennings Probelappen mit Zierstichen besticken. Da Mutter Ilse keine guten Stoffe dafür geben konnte, mühte Mani sich mit einem unansehnlichen Lappen ab, zählte aber die Fäden genau und stickte exakt. Weil leider auch das Stickgarn nichts hergab, bekam sie eine Vier (= ausreichend). Thea Hennings sagte noch: „Und wenn ich euch die Aufgabe stellte, Hundedeckchen zu nähen, dann müßtet ihr das tun und auch das Material dafür beschaffen."

Nachdem Johanna Röhr, die Zeichenlehrerin, einen Teil der Klasse übernommen hatte und Manis Arbeiten sah, bewertete sie die saubere Ausführung und nicht das Material. Darüber freute Mani sich, und als Fräulein Röhr um einen Scherenschnitt bat, weil sie ein kleines Geschenk brauchte (man konnte ja nichts kaufen), gab Mani ihr den gern.

Scherenschnitt (Originalgröße).

Ansonsten wußte Mani um die Begrenztheit ihrer Mal- und Zeichenkünste. Menschen und Tiere aufs Papier zu bringen, fiel ihr schwer. Einmal sollte in der Deutschstunde der Rattenfänger von Hameln gemalt werden, wie er viele Kinder an einen Berg führt. Dorothee Lohmanns beste Freundin Hildegard Knoch zeichnete eine Unmenge Kinder so lebendig und gut, daß Mani nur staunen konnte. Das war wirkliche Begabung! Später legte Hilde eine Art Sammelband an, in dem sie ihre Bilder präsentierte – meist Karikaturen von Lehrern, z. T. witzig, z. T. unverschämt, immer aber geistreich und schwungvoll. Ihre Werke wurden in der Klasse herumgereicht und gaben viel Anlaß zu Kichern und Gelächter. So kam es, daß die Künstlerin Hilde samt Freundin Dorothee sich in kurzer Zeit zu „Max und Moritz" in ihrer Klasse entwickelten.

Manis erster Klassenaufsatz seit Schulbeginn nach dem Krieg trug das Thema: „Hochwasser in Minden." Denn als die Kälte endlich nachließ, setzte das Tauwetter mit solcher Kraft ein, daß die Flüsse anschwollen und auch die Weser Hochwasser hatte. Nicht nur die Weserwiesen standen unter Wasser, nein, auch die gesamte Fischerstadt, das Weserglacis und viele Gebäude und Straßen der Unterstadt waren überschwemmt. Die Häuser „zwischen den Brücken", d. h. zwischen der kaum wieder reparierten Weserbrücke und der „Bunten Brücke" lagen wie auf einer Insel. Häuserteile und tote Tiere trieben in den Fluten. Ob auch Menschen in den braunen Wassermassen umgekommen waren, erfuhren die Kinder nicht. Jedoch die Sachschäden waren erheblich, ehe der Wasserstand endlich sank und das Leben in der Stadt sich wieder normalisierte. Da Rahes in der Oberstadt wohnten, waren sie vom Hochwasser nicht unmittelbar betroffen, aber von den Dörfern Leteln und Aminghausen abgeschnitten, von wo sie vorher zusätzliche Lebensmittel besorgt hatten.

Minden, Fischerstadt,
links: Johanneskirche, Türmchen von Haus Weidenfeller.

Von April 46 an gingen die Kinder regelmäßig zum Baden ins Ludwigsbad, in ein winziges, dirckt an der Wcser unterhalb des Brückenkopfs[18] gelegenes Freibad. Bei schönem Wetter wimmelte es dort von Menschen. Im Nichtschwimmerbecken zog Mani ihren Bruder zweimal aus dem Wasser, weil er auf dem glitschigen Boden ausgerutscht und dem Ertrinken nahe war. Die drei Großen lernten schwimmen, und Ilschen und Eri konnten sogar den Fahrtenschwimmer machen, d. h. sie

---

[18] Name einer zwischen der Weserbrücke und der sogenannten Bunten Brücke gelegenen Straße.

173

schwammen ohne Pause dreiviertel Stunde in der winzigen Pfütze des Schwimmbeckens sozusagen im Kreis herum. Die Engländer hielten nämlich das richtige Mindener Freibad, das sogenannte Sommerbad, mehrere Jahre hindurch besetzt. Weil Mani ihres Asthmas wegen nicht unbegrenzt lange im Wasser bleiben sollte, erlaubten die Eltern ihr nur, den Freischwimmerschein zu machen.

Was Mani in dieser Zeit besonders gefiel, waren die Ausflüge mit der Bibelschar, die oftmals gemeinsam von Elisabeth Pook und Lilly Schütz[19], der hervorragenden Leiterin von Mädchengruppen aus der Martinigemeinde, durchgeführt wurden. Es wurde viel gesungen, gespielt und gewandert. Im Mittelpunkt des Tages stand jedesmal ein biblisches Thema. Besonders eindrücklich war ein chinesisches Bild: Zwei Berge sind durch eine tiefe, breite Schlucht voneinander getrennt. Auf dem linken, niedrigeren Hügel laufen die Menschen bis an den Rand der Schlucht und fallen kopfüber hinein. Nur wenige von ihnen benutzen eine schmale Brücke, die die Form eines liegenden Kreuzes aufweist, und gelangen sicher ans andere Ufer. Dort steigen sie freudig, mit ausgebreiteten Armen den Berg hinauf, dem hellen, göttlichen Licht entgegen. Deutlich wurde, was das Bild sagen wollte: Der Kreuzestod Jesu Christi ist der einzige Weg zum Heil, zu Gott. Das aber konnte Mani nicht fraglos hinnehmen. „Es gibt doch so viele gute Menschen," meinte sie zu Hause. „Wenn sie aber von Jesus nichts wissen wollen, können sie deshalb doch nicht einfach untergehen. Sie müßten eher für ihre

---

[19] Elisabeth Pook und Lilly Schütz hatten beide die Bibelschule des MBK (Mädchen-Bibel-Kreis) in Leipzig besucht.

guten Taten belohnt werden." Großvater überlegte. „Ja, es gibt Menschen, die sind nach unserem Urteil gut oder jedenfalls besser als andere. Oft halten wir uns auch selber für gut und besser als die andern. Manchmal merken wir aber auch, wie schlecht wir uns benommen haben oder zu was für bösen Taten nicht nur Adolf Hitler oder Stalin, sondern auch wir selbst fähig sind. Besser als wir uns kennen, kennt uns Gott. Er kennt jeden einzelnen von uns ganz genau und möchte nicht, daß wir so, wie wir sind, in unser Verderben rennen. Darum hat er uns, fast zweitausend Jahre bevor wir überhaupt geboren wurden, Jesus Christus geschickt, der ohne Sünde war, und ihn an unserer Stelle für unsere Schuld bestraft. Eigentlich hätten wir Menschen, jeder einzelne, den ewigen Tod verdient, denn Gott nimmt die Sünde todernst. Darum ist Christus für uns gestorben und hat uns durch sein unschuldiges Leiden und Sterben zu Gott zurückgeholt. Wir selber können nichts dazu tun, daß Gott uns unsere Schuld vergibt. Es ist seine Gnade, die er uns umsonst schenkt. Dafür können wir ihm nur danken. Ist das schwer zu verstehen?" – „Ja, denn Gott müßte doch einen Unterschied machen zwischen den ganz bösen und den normalen oder sogar guten Menschen." – „Der Unterschied liegt ganz woanders: Gott und Mensch sind durch einen ganz, ganz tiefen Graben voneinander getrennt. Der Mensch kann noch so viel Gutes tun – zu Gott gelangt er dadurch nicht. Da mußte Gott schon selber eingreifen, um ihn wieder zu sich zurückzuholen. Nein, wir Menschen können uns nicht zu Gott vorarbeiten. Stell dir Schnecken vor, die von Minden zum Kaiser-Wilhelm-Denkmal an der Porta wandern wollen, natürlich in ihrem Schneckentempo. Eine der Schnekken ist schneller als alle anderen. Meinst du, daß sie deshalb die fünf oder sechs Kilometer wirklich allein zurücklegen kann? Sicherlich nicht, sondern jemand müßte kommen und sie aufheben und hintragen, damit sie ihr Ziel erreicht. So ist es auch mit uns Menschen. Trotz noch so vieler guter Anstrengungen können wir nicht aus eigener Kraft zu Gott gelangen."

Während der Sommerferien 1946 fand in Windheim an der Weser eine Freizeit für zwölf – bis vierzehnjährige Mädchen statt. Das Evangelische Hilfswerk hatte Lebensmittel zur Verfügung gestellt, und so waren alle, die mitmachten, mit ungeahnt guten Mahlzeiten versorgt. Die Mädchen schliefen auf dem Dachboden des Gemeindehauses und hatten jeden Tag ein buntes Programm, konnten nachmittags bei herrlichem Wetter kleine Wanderungen machen und in der Weser baden. Vormittags gab es eine Bibelstunde und am letzten Abend ein buntes Programm mit Spielen und Aufführungen, zu denen die Bewohner des benachbarten Altenheims eingeladen waren. Da die Gruppe sich u. a. mit Vater Bodelschwingh befaßt hatte, traten in einem Spiel zwei sogenannte Tippelbrüder auf, die als Heimatlose oder „Brüder von der Landstraße" in einer von Friedrich von Bodelschwingh eingerichteten „Herberge zur Heimat" Unterkunft gefunden hatten. Darüber unterhielten sie sich, und einer von ihnen sagte:
„Wenn alle Menschen wären wie Bodelschwingh,
es auf der ganzen Erde viel besser ging."

Diese Zeilen gingen Mani lange nach. Viele meinten ja, Vater Bodelschwingh sei deshalb ein so hervorragender Mensch gewesen, weil er Christ war. Zutreffender wäre es wohl so auszudrücken: Christus selber wirkte durch ihn, Christus bestimmte sein Denken und seine Taten, die sich deswegen so segensreich auswirkten. „Sind Christen wirklich bessere Menschen als andere?" fragte Mani. ihren Großvater. „Nein," antwortete er, „wir Christen machen vieles falsch, gerade so wie andere Leute auch. Vor allem wenn wir uns besser vorkommen als die andern, haben wir schon verspielt. Aber wenn wir merken, daß wir etwas Schlechtes getan haben, müssen wir das nicht allein wiedergutmachen – das können wir oft auch gar nicht -, sondern wir dürfen unseren himmlischen Vater und oft auch die, denen wir Böses zugefügt haben, um Vergebung bitten und dann jeden Morgen fröhlich wieder neu anfangen."

Aber warum tun wir so viel Böses? dachte Mani, denn manchmal machte es ihr sogar Spaß, sich mit Ilschen zu zanken oder die Lehrer zu ärgern, und dann tat es ihr auch hinterher nicht leid, oder die Reue darüber war nicht echt und nur von kurzer Dauer. Und überhaupt: Warum gibt es so viel Böses und so viel Schreckliches in der Welt? Warum mußten im Krieg so viele Menschen sterben? Auf diese Fragen konnte niemand, auch nicht Mutter, Großvater oder Tante Pook eine schlüssige Antwort geben. Sie verwiesen allerdings darauf, daß es unsere, das heißt der Christen Aufgabe sei, dem Evangelium gemäß zu leben, und das heißt, Liebe zu Gott und den Menschen zu üben. Wer das tue, meinten sie, könne andere nicht belügen, betrügen oder gar umbringen und erfülle so die Gebote Gottes wie von selbst. Wer aber von Machtstreben und Ichsucht getrieben werde, zerstöre das Leben der anderen und sich selbst.

Wieder wurde es Herbst, und die Adventszeit nahte. Im Zeichenunterricht bei Fräulein Röhr sollten vor Weihnachten Ziehharmonikasterne aus bunt bemaltem, aber ursprünglich weißem Papier gebastelt werden. Da Mani nirgends reinweißes Papier auftreiben konnte, nahm sie schnell entschlossen die rauhen, aber relativ hellen Heftdeckel ihrer innen braunen Hefte, die sie bei Kampeter erstanden hatte, und war froh, daß diese Hefte z. T. so schlecht gebunden waren, daß sie zwei oder gar drei Umschläge hatten. Sie zeichnete die Linien genau vor und schnitt die Sterne exakt aus, aber auf dem rauhen Papier liefen die Farben aus. Johanna Röhr war mit dem Ergebnis keineswegs zufrieden: „Daß du so etwas vorlegst, Margret, enttäuscht mich aber sehr!" Während der Unterrichtsstunde erzählte die Lehrerin, eine große Flüchtlingsweihnachtsfeier sei geplant, für die sie viele gebastelte Sterne brauche. Das brachte Mani auf eine gute Idee. Zu Hause stellte sie noch einmal Ziehharmonikasterne her, vermischte sie mit den alten und legte sie Fräulein Röhr in der nächsten Stunde vor mit den Worten: „Die sind alle für die Flüchtlingsweihnachtsfeier." – „Die sind ja wunderschön. Willst du sie mir alle schenken?" fragte Johanna Röhr beglückt und gab Mani eine Eins.

Im gleichen Jahr sollte der Bielefelder Kinderchor ein Weihnachtskonzert in der Martinikirche geben, in dieser Nachkriegszeit ein großes Ereignis für die ganze Stadt. Da die Lohmannschen Kinder z. T. schon erwachsen und die Eintrittskarten relativ teuer waren, kaufte Mutter Änne nur drei Stück: eine für sich, eine als Weihnachtsgeschenk für ihren jüngsten Sohn Reinhard und eine für ihr Patenkind Mani. Voller Erwartung betraten die drei die vollbesetzte eiskalte, weil ungeheizte Kirche und setzten sich. Vorn auf dem Altar stand ein orangefarbenes Gebilde. „Eine Heizsonne," flüsterte Mani dem etwas jüngeren Reinhard zu. Da traf sie der strafende Blick von Johanna Röhr, die ausgerechnet eine Bank vor ihr saß und sich umgedreht hatte. „Aber Margret, das ist doch eine Christrose!" Ob dieser Erklärung wußten sich die beiden Kinder vor Lachen kaum zu halten. Dann setzte der Chor ein, der auf der Empore untergebracht war: „Kli-ng, Glöckchen, kli-ngeli-ngeli-ng, kli-ng, Glöckchen, kli-ng…" Das „i" war so überbetont, und auch das folgende „Süßer die Glocken nie klingen…" klang in den Ohren der Kinder so süßlich und unecht, daß sie sich nicht gegenseitig ansahen, um nicht losprusten zu müssen. Obgleich sie dagegen ankämpften, kamen ihnen zeitweilig vor Lachen die Tränen. Böse Blicke der Erwachsenen halfen erst recht nicht, denn fast jedes Lied wurde in einer Art gesungen, die die beiden nicht ernstnehmen konnten. Am Ende sagte Tante Änne: „Euch werde ich nie mehr mitnehmen." Reinhard entgegnete: „Zum Bielefelder Kinderchor bestimmt nicht."

Seit ihrer Ankunft in Minden hatten die Großeltern immer sehr viel Besuch, nicht nur von Verwandten, sondern vor allem von ehemaligen schlesischen Pastoren und kirchlichen Mitarbeitern, darunter auch von solchen, die während des sogenannten Kirchenkampfs im Dritten Reich gegen Großvater gestanden hatten. Sie wollten sich mit ihm aussprechen, und da er bis an sein Lebensende in erster Linie Seelsorger war, wurden alle wie Freunde aufgenommen und bewirtet, auch wenn Großmutter manchmal bei allzu großer Versöhnungsbereitschaft schon vor solch einer Begegnung ausrufen konnte: „Ach Ottchen, das ist doch ein gräßlicher Kerl!" Er aber sprach beharrlich von vielen als „mein Freund soundso". Es stellten sich auch Besucher aus Amerika ein, die mit den Großeltern seit Jahrzehnten freundschaftlich verbunden waren. Viele Jahre hintereinander kam Tante Friede, eine ehemalige Lehrerin aus Viersen im Rheinland, die sich den Großeltern und ihren Kindern sehr verbunden fühlte und ein gern gesehener, beliebter Gast war. Sie hatte 1914 zusammen mit amerikanischen Freunden eine Europareise unternommen und sich bei Ausbruch des Ersten Weltkriegs gerade in Frankreich befunden, was ihr sowohl den Aufenthalt dort als auch die Heimreise nahezu unmöglich machte. Deshalb baten ihre Freunde sie, mit ihnen in die USA zu kommen. Dort studierte sie Medizin und war bis in ihr hohes Alter als Fachärztin für Orthopädie tätig. Jetzt besuchte sie ihre ebenfalls altgewordenen Freunde und ihre Schwestern im Rheinland.

Es traf auch Friedrich Forrell ein, der ehemalige Vorsitzende der schlesischen Frauenhilfe. Seiner jüdischen Abstammung wegen war er mit seiner Familie Ende der dreißiger Jahre emigriert und nun in New York für deutsche Einwanderer zuständig.

Großvater hatte an seiner Gewohnheit festgehalten, die zahlreichen Briefe, die er täglich schrieb, nicht in den nächstgelegenen Briefkasten, sondern in den der Hauptpost einzuwerfen. Am Silvesterabend trug er wieder ein paar Briefe an die Post. Betrunkene Engländer pöbelten ihn an, verletzten ihn am Kopf, und einer schlug ihm den Hut herunter. Mani war wütend. Dies Geschehen konnte sie lange nicht verwinden und fühlte sich in ihrer Abneigung gegen die „Sieger" bestärkt. Sie verstand auch nicht, warum so viele Mädchen, die vorher einen deutschen Freund gehabt hatten, plötzlich nach England heirateten, und meinte, selber dort niemals leben zu können.

Anfang 1947.

Ilschens Konfirmation im Frühjahr 1947 am Sonntag Laetare (d. h. „Freut euch") stand bevor. Sie war die einzige der Geschwister, die von ihrem Vater konfirmiert wurde, denn kurz danach gab er die Pfarrstelle in Minden auf, weil er an das Landeskirchenamt in Bielefeld berufen worden war – sehr zum Leidwesen seiner beiden ältesten Töchter, die schon damals wenig Sinn für kirchliche Verwaltung, aber um so mehr Interesse an Gemeindearbeit vor Ort hatten. Der Konfirmandenunterricht wurde während der Winterzeit in der Sakristei abgehalten, weil der Ofen dort gut zu beheizen war. Die Konfirmandenprüfung und die Konfirmation fanden im Gemeindehaus der Simeonskirche bzw. in dieser Kirche statt, weil beide unzerstört geblieben und ebenfalls gut heizbar waren. Glücklicherweise traf noch rechtzeitig zum Konfirmationstag in einem Paket aus Amerika ein dunkelblaues Wollkleid ein, das auf Anhieb paßte und das Ilschen zur Konfirmation anziehen konnte. Mutter Ilse freute sich, für das gemeinsame Abendessen an diesem Festtag Grießbrei kochen zu können.

Nach einigen Wochen wurde sie sehr krank, bekam hohes Fieber und mußte eiligst auf die Isolierstation ins Städtische Krankenhaus gebracht werden. In der Stadt waren bereits einige Menschen an Typhus gestorben, und so gab es einigen Grund zur Sorge. Wilhelm versuchte, klaren Kopf zu behalten. Noch weilte seine Frau unter den Lebenden. Was aber würde sein, wenn sie ihm und den Kindern durch den Tod entrissen würde? Seine Not blieb ihr nicht verborgen, und so gab sie ihm im Vertrauen darauf, daß Gott der Herr den richtigen Weg für sie alle wisse, den Rat, im Falle ihres Todes ihrer beider Freundin, die Patentante eines ihrer Kinder zu heiraten. Genauere Untersuchungen ergaben, daß Ilse Paratyphus hatte. Allmählich sank das Fieber, so daß sie unter bestimmten Auflagen nach Hause entlassen werden konnte, nachdem die größte Ansteckungsgefahr vorüber war. Damit war wieder viel Grund zum Dank gegen Gott gegeben.

Am Sonntagnachmittag unternahmen nach Möglichkeit alle Familienmitglieder, Großeltern, Eltern, Kinder und Kinderpflegerin, einen Spaziergang durchs Marienglacis und von da aus rund um die erweiterte Altstadt bis zum Weserglacis. Jeden Sonntagabend wurden nach dem Abendbrot im großen Familienkreis ein paar Choräle gesungen, die Ilschen auf dem Klavier begleitete. Erst danach machte sich Vater Wilhelm auf den Weg zum Bahnhof. Denn nachdem er an das Landeskirchenamt in Bielefeld berufen worden war, fand er lange Zeit keine Wohnung für seine große Familie. Deswegen kam er nur über das Wochenende nach Hause, wenn auch nicht ganz regelmäßig, weil er sonntags oftmals eine restaurierte oder neugebaute Kirche einzuweihen hatte. Viele evangelische Christen aus den deutschen Ostgebieten hatte es nämlich in katholische Gegenden Westfalens verschlagen, und andererseits waren viele Kirchen im Krieg zerstört worden, so daß lange Zeit ein Mangel an Kirchengebäuden bestand.

Die Tradition der früher mehr oder weniger regelmäßig stattfindenden Ausflüge zur Porta wurde nur noch selten aufgenommen. Die größer gewordenen Kinder fanden den Weg zur Denkmalswirtschaft und das Sitzen dort langweilig und freuten sich, wenn sie weiter laufen konnten, etwa zur Wittekindsburg oder zum „Wilden Schmied". In der Nähe der Wittekindsburg konnte man Reste einer altgermanischen Fliehburg entdecken, die Wittekindsquelle besuchen, von außen in die wohl immer verschlossene Wittekindskapelle hineinzugucken versuchen oder nach den Ruinen eines alten Klosters Ausschau halten.

Eindrücklich war das große Bild in der Gaststube der Wittekindsburg, das den entscheidenden Augenblick aus der Sage von der Bekehrung des Sachsenherzogs Wittekind oder Widukind darstellt. Dieser verehrte die alten germanischen Götter und kämpfte mit seinen sächsischen Getreuen jahrelang tapfer gegen die Übermacht der Franken unter Karl dem Großen. Auf einem einsamen Ritt durch das unwegsame Wiehengebirge litt er unter starkem Durst. Da soll er ein Gelübde getan haben: „Wenn du Christengott stärker bist als unsere alten Götter, dann zeig mir, wo es Wasser gibt und ich meinen Durst löschen kann. Wenn du das tust, will ich an dich glauben und mich taufen lassen." Kurz danach stieß das Pferd, wie es auf dem Bild zu erkennen ist, mit seinen Hufen an einen Stein. Eine Quelle sprudelte hervor, so daß Widukind trinken konnte. Er ließ sich taufen[20]. Damit war der Hauptwiderstand der Sachsen gegen die politische Übermacht der Franken, aber auch gegen die Annahme des christlichen Glaubens gebrochen.

Sachsenherzog Widukind und die Quelle.

Weil der Schwiegersohn die meisten Tage der Woche abwesend war, unterstützten die Großeltern ihre

---

[20] Im Jahre 785 n. Chr.

Tochter Ilse noch stärker als früher. Der Großvater nahm immer mehr Vaterstelle ein. Ilschen besprach fast jeden Aufsatz mit ihm. Wenn alle um den Mittagstisch versammelt waren, stellte er regelmäßig die Frage: „Wie war es denn heute im Schülchen?", was jedesmal einen lebhaften Redeschwall und munteres Erzählen auslöste. War eins der Kinder krank, besorgte Großvater oft noch abends spät Medizin. Großmutter nahm ihrer Tochter weitgehend das Bügeln ab, wobei sie eine hervorragende Fähigkeit entwickelte, zu kurz gewordene Strickkleidung in die Länge zu bügeln, so daß „die Kinder sie noch tragen" konnten. Nachmittags half sie bei den Hausaufgaben, vor allem in Französisch. Während sie das Bügeleisen schwang (es langsam gleiten zu lassen, entsprach nicht ihrem Temperament), korrigierte sie mündlich vorgetragene Formen, damit sich nur ja keine Redewendung falsch einprägte. Als junges Mädchen hatte sie ein Pensionat in der Schweiz besucht und ein Jahr lang ausschließlich französisch gesprochen, was ihren Enkelinnen nun zugute kam. – Wenn „die beiden Großen" etwas angestellt hatten, was ihr absolut nicht gefiel, oder wenn sie dummes Zeug schwätzten und sich zankten, konnte sie sagen: „Ihr geht in die Bibelschar und singt fromme Lieder, aber benehmt euch schlecht. Das paßt nicht zusammen." So etwas hörten die beiden gar nicht gern.

Der Schulunterricht fand inzwischen längst wieder im eigenen Schulgebäude in der Brüningstraße statt. Das erste Nachkriegsschuljahr hatte von Januar 1946 bis zu den Sommerferien gedauert, das zweite bis Ostern 47. Mani hatte immer noch ihren ersten dunkelbraunen, ledernen Schultornister. Trotz nicht vorhandener Schulbücher wurde er bald zu klein, so daß die wenigen Hefte kaum noch hineinpaßten. Woran das wohl liegen mochte? Nach einiger Zeit wurde dieses Geheimnis gelüftet: Die Amerikaner lieferten damals das Getreide, und da „Korn" bestellt war, englisch „corn" aber auf Deutsch „Mais" heißt, wurde in fast jeder Bäkkerei nur Maisbrot gebacken, das einfach scheußlich schmeckte. So war auch Mutter Ilse gezwungen, den Kindern anstelle der normalen Graubrotschnitten oder Brötchen Maisbrote in die Schule mitzugeben. Als sie nach etwa zwei Wochen Manis Ranzen untersuchte, stellte sie fest, daß Mani jeden Tag ihr Schulbrotpäckchen hineingepackt, aber danach nicht mehr angerührt hatte, so daß die Schultasche überquoll. Daraufhin gab es mehrere Tage lang mittags für die ganze Familie Maisbrotsuppe.

Noch ein anderer Vorfall darf erwähnt werden. Während der Schulwochen gab es wieder Wandertage und Klassenausflüge. Mit Fräulein Dr. Kremer, der Klassenlehrerin, ging es einmal von der Straßenbahnendstation Porta aus nach Hausberge. Ein schmaler Weg führte links an einer Wiese, rechts an einem Obstgarten entlang. Die Lehrerin ging voraus, die Schülerinnen folgten im Gänsemarsch. Reife Pflaumen hingen über den Zaun, und die Mädchen, von denen sicher nur wenige zu Hause einen Garten mit Obstbäumen hatten, pflückten im Vorbeigehen von den herrlichen Früchten. Als der Weg nach links abbog, drehte Fräulein Dr. Kremer sich um und sah, was ihre Schützlinge taten. Sie drohte allen, die Pflaumen gepflückt hatten, einen Tadel an und entfachte ein solches Donnerwetter, daß einige Schülerinnen die Pflaumen vor Schreck fallen ließen oder wegwarfen. Es war klar, daß sie die Pflaumen nicht hätten pflücken dürfen, weil sie ihnen nicht gehörten. Weil Mani es aber leider doch getan hatte und damit einem Tadel nicht entgehen würde und weil auch die einmal gepflückten Pflaumen nicht umkommen sollten, steckte sie sie trotzdem in den Mund.

Der weitere Tag verlief ohne besondere Vorkommnisse, aber am nächsten Morgen, noch bevor der Unterricht begann, stürzte Fräulein Dr. Kremer in die Klasse, gebot allen, die am Vortag unerlaubterweise Pflaumen gepflückt hatten, aufzustehen und schrieb die Namen auf. Am Nachmittag erschien der Schuldiener und übergab Mani einen an die Eltern gerichteten Brief. Mutter Ilse hängte gerade auf der Bleiche im Nachbargarten Wäsche auf, als Mani mit dem geschlossenen Umschlag in der Hand herbeilief. Die Mutter las: „Ihre Tochter Margret wurde mit einem Tadel bestraft, weil sie von fremder Leute Obstbaum pflückte." Sie lächelte, weil der Direktor der Schule den Tadel nicht unterschrieben hatte, und zeigte das Schreiben ihren Eltern, die nur den Kopf schüttelten. Vater Wilhelm war der erste, der ein ernstes Gesicht machte. Die meisten Lehrer übergingen den Tadel und was ihn hervorgerufen hatte. Andere hielten eine Moralpredigt. Im nächsten Schulzeugnis blieb der Tadel unerwähnt.

Ostern 1948 wurde Mani in die Untertertia versetzt. Bei Fräulein Dr. Kremer hatte sie Biologie- und Erdkundeunterricht. In Biologie ging es einmal um Einzeller und Mehrzeller und ihre Lebensbedingungen. „Da seht ihr," hieß es, „daß ihr gegenüber den Einzellern nichts, aber auch gar nichts seid. Sie können nämlich gut ohne euch leben, ihr aber keinesfalls ohne sie." Das stimmt einerseits, dachte Mani, war jedoch nicht völlig einverstanden und wandte sich wieder an Großvater, aber auch an Tante Pook. Übereinstimmend meinten beide: Gott hat alles geschaffen, Pflanzen, Tiere, Einzeller und Menschen. Obgleich die Einzeller längst existierten, als es noch kaum kompliziertere Lebewesen gab, stehen doch alle Geschöpfe miteinander in einem großen Zusammenhang und sind aufeinander angewiesen. Der Mensch aber ist das von Gott besonders geliebte Wesen, das er persönlich anspricht und das mit ihm reden und ihm antworten kann. Könnte man Ähnliches von irgendeinem anderen Geschöpf sagen? Der Mensch hat ganz andere Möglichkeiten z. B. in der Gestaltung seiner Lebenssituation und mehr Fähigkeiten als jedes andere Lebewesen. Damit trägt er auch eine große Verantwortung für sich, für andere Menschen und für die Welt. Ohne Schaden für die gesamte Schöpfung und für sich selbst kann er sich dieser Verantwortung nicht entziehen.

Bei Tante Pook hörten die Mädchen zum erstenmal Genaueres über die unzähligen verschiedenartigen Religionen auf der Welt. Die Hindus z. B. haben viele Götter, gute und bösartige, vor denen sie große Angst haben und sich ein Leben lang fürchten müssen. Worüber Mani aber erschrak, war die Tatsache, daß Mädchen schon als Kinder verheiratet und, wenn der Bräutigam oder Ehemann stirbt, auch getötet und verbrannt werden können, ohne daß jemand die Täter bestraft, einfach weil das im Land so Sitte ist. Wie gut, dachte Mani, daß ich nicht als Inderin geboren bin! Auch die Tatsache, daß Frauen im Hinduismus als unrein und weniger als eine Kuh oder ein anderes Tier, sogar weniger als ein Wurm gelten, fand sie unerträglich.

Und der Islam? Dort ist die Frau dem Mann nach Lehre und Sitte ebenfalls untergeordnet und weniger wert als er. Er übt die Macht aus und hat immer das letzte Wort. Es heißt im Koran, Allah sei mit den Mächtigen und mit den Siegenden, also mit den Männern und besonders dann, wenn sie siegreich Kriege führen[21]. Seit seiner Entstehung hatte sich der Islam durch unglaublich blutige Kriege ausgebreitet, die angeblich dem Willen Allahs entsprachen. Dabei war Mani überzeugt, daß Kriege nicht nach Gottes Willen sind. Wenn auch sie selber und ebenso die ihr nahestehenden Menschen während des letzten Krieges und danach vor dem Schrecklichsten bewahrt geblieben waren, hatte sie doch selbst erlebt, wie sinnlos, mörderisch und zerstörend ein Krieg ist. Wenn leider auch Christen Kriege führen und sich dabei noch einbilden, Gottes Sache zu vertreten und auszuführen, können sie sich dabei keinesfalls auf Jesus Christus berufen so wie die Moslems auf Mohammed oder den Koran. Christus preist nämlich diejenigen selig, die Frieden stiften, und tritt für die Notleidenden und Schwachen ein – als der gute Hirte seiner Schafe. Allah wird zwar als der Barmherzige gepriesen, der sich über den erbarmt, der völlige Unterwerfung übt und nach seinem im Koran niedergelegten Willen lebt, befiehlt aber den Seinen den Krieg[22], den sie gegen die sogenannten Ungläubigen mit aller Härte führen sollen. Nein, der Gott der Moslems und der Vater Jesu Christi, der alle Menschen liebt, auch die Frauen und Kinder, sind himmelweit voneinander entfernt und können nicht ein und dieselbe Person sein. Tante Pook wußte noch mehr von anderen Religionen zu berichten, z. B. aus Afrika und China, doch Manis Interesse daran war zu dieser Zeit nicht sehr groß. Von manchen in ihren Augen abartigen Sit-

---

[21] Sure 2, 191 und 192; Sure 4, 29 und 30, 84 und öfter; Sure 9,5
[22] Sure 8, 39; Sure 9, 5. 38. 111 und öfter.

ten und Denkweisen fühlte sie sich abgestoßen und war dankbar, Christin zu sein und fröhlich und in Freiheit unter Christen leben zu dürfen.

Schon vorher im Herbst 1947 war Mani zu Pastor Martin Lohmann, der inzwischen Wilhelm Rahes Bezirk übernommen hatte, in den Katechumenen- und im Jahr darauf in den Konfirmandenunterricht gekommen. Das war ein Jahr später als bei den meisten ihrer Klassenkameradinnen. Die Eltern waren nämlich der Ansicht, es sei besser für sie, ein Jahr länger zu warten. So war sie wieder mit Adelheid Vieth und Gertrud Kuhlmann, aber auch mit ihren Freundinnen Margret, Dorothee und mit Hilde Knoch, deren Eltern ihre Töchter ebenfalls ein Jahr zurückgestellt hatten, in einer Gruppe zusammen. Pastor Lohmann unterrichtete alle dreiundachtzig Jungen und Mädchen in einem Raum und teilte die Gruppe erst während der letzten Monate vor der Konfirmation. Wichtig war ihm das Auswendiglernen. Luthers kleiner Katechismus und viele, viele Lieder, dazu Psalmen und Bibelsprüche gehörten zum Programm. Mit mächtiger Stimme übte er die Melodie eines jeden Liedes selber ein. Seine Konfirmandinnen und Konfirmanden sollten sich so viel wie möglich gedächtnismäßig von dem einprägen, was er selber für wichtig hielt und was ihrem Leben einmal Halt und Stütze geben könnte. Er ging wohl davon aus, daß in vielen Lebenssituationen, wenn die Worte für ein freies Gebet nicht mehr zur Verfügung stehen, ein in der Jugend gelernter Bibelspruch oder Liedvers entscheidende Hilfe bedeuten kann.

In die Zeit des Konfirmandenunterrichts fiel Manis achtwöchiger Aufenthalt an der See. Sie sollte sich in einem Kinderheim auf Langeoog erholen, konnte aber im Gegensatz zu allen anderen Kindern das Klima nicht vertragen und hatte oft Asthma. Manchmal, wenn sie vor den schönen Dünen stand, wußte sie einfach nicht, wie sie da hinaufsteigen sollte. Auch hatte sie viel Heimweh. Ihr erster Brief, den sie nach einer Woche nach Hause schreiben durfte, wurde vielleicht darum, weil sie dem Heimweh Worte verliehen hatte, von der Heimleitung zurückgehalten. Jedenfalls kam er nicht zu Hause an, weswegen Mutter Ilse sehr in Sorge war und Großmutter Zänker einen mahnenden Brief schickte, Mani möge doch bald einmal von sich hören lassen. Bei den Briefen in den nächsten Woche war Mani dann vorsichtiger. Für ihre Gruppenleiterin stellte Mani auf deren Bitte hin siebenundzwanzig Scherenschnitte her. Als sie einmal ihres Asthmas wegen zu Bett lag, bekam sie Besuch von der leitenden Schwester des Hauses. Diese brachte Kinder mit, denen sie Manis „Anstellerei" zeigen wollte. Glücklicherweise nahm diese das nicht tragisch, denn sie war mit Wichtigerem beschäftigt, wie sie meinte. Während der ausgiebigen Mittagsruhe versteckte sie ihre Bibel unter der Decke und las sie von vorn bis hinten durch. Als das geschafft war, nahm sie heimlich ihr Gesangbuch und lernte von jedem Lied, das ihr irgendwie bekannt vorkam, möglichst viele Strophen auswendig. Sie war stolz, daß die Schwestern, die regelmäßig nach den Mädchen schauten, ob sie auch keinen Unsinn trieben und gut schliefen, nichts davon merkten.

Nachdem die erste Konfirmandenprüfung vor den Presbytern, bei der Mani siebenundzwanzigmal Fragen beantwortet oder etwas aufgesagt hatte, bereits bestanden war, fand am Sonntag vor der Konfirmation die

Prüfung vor der Gemeinde, die sogenannte Vorstellung der Konfirmanden, statt. Anschließend an den Vorstellungsgottesdienst wurden Pastor Lohmann, seine Frau Änne, Manis Patentante, und ihre Tochter Dorothee zu Rahes eingeladen. Mani bekam schon jetzt von Lohmanns ein Geschenk, und zwar eine gerahmte Reproduktion des bekannten Kinderkopfs von Rubens, der seinen kleinen Sohn zeichnete, und von den Eltern eine Junghans-Armbanduhr, damit diese nicht zum Glanzstück des Konfirmationstages würde und dessen eigentliche Bedeutung in den Schatten stellte. Zwar hatte die Währungsreform bereits im Juni des vorhergehenden Jahres stattgefunden, nämlich in den Tagen, als Mani von Langeoog zurückkehrte, aber noch immer lebte man sehr einfach. An beiden Festtagen trug Mani das dunkelblaue, von Ilschen geerbte Wollkleid aus dem zwei Jahre vorher eingetroffenen Paket aus Amerika.

Zur Konfirmation am 3. April 1949 wurde als auswärtiger Gast Luise Wehrmann aus Niedermehnen eingeladen. Sie traf am Tag vorher mit dem Fahrrad ein. Mani war sehr gespannt darauf, was für einen Konfirmationsspruch Pastor Lohmann für sie aussuchen würde. Am liebsten hätte sie wie ihre Mitschülerin Illis Berthold aus der Martinigemeinde das Wort bekommen: „Lobe den Herrn, meine Seele, und vergiß nicht, was er dir Gutes getan hat" (Psalm 103 Vers 2). Mani war nämlich hochgestimmt und glücklich, und dieser Vers drückte aus, was sie empfand, weil sie es so gut hatte. Ihr Spruch war dann aber überraschenderweise Johannes 8 Vers 12: „Jesus Christus spricht: Ich bin das Licht der Welt. Wer mir nachfolgt, wird nicht wandeln in der Finsternis, sondern wird das Licht des Lebens haben." Über dieses Wort konnte man wieder lange nachdenken. Dem Licht, das mit Jesus in die Welt gekommen ist, entgegengehen und in die Fußtapfen Jesu eintreten, wer kann das schon von sich aus? Mani traute es sich nicht zu, denn sie wußte genau, daß sie ihr vieles Zanken mit Ilschen, ihr häufiges Beleidigtsein, wenn jemand nur ein falsches Wort sagte, und manche andere Unart oft nicht steuern konnte. Wie sollte denn dieses Fehlverhalten oder Unvermögen mit dem Laufen in Jesu Fußtapfen vereinbar sein? Immerhin, der Spruch enthielt ein Versprechen und zwar die Zusage, daß diejenigen, die fest auf Jesus vertrauen, nicht untergehen können. Das wollte sie für sich gelten lassen. Viele Fragen waren noch offen, aber man konnte ja schon einmal versuchen, die angegebene Richtung einzuschlagen. Außerdem war Mani froh darüber, daß sie ihr Leben bisher dank der Hilfe lieber Menschen im Bereich des Lichtes hatte zubringen dürfen, von dem in diesem Spruch die Rede war. Ihn hatte sie sich nicht selbst ausgewählt, aber er war wie ein Programm. Mani ahnte, daß die Stichworte „Nachfolge Jesu, Leben, Licht" zu Merkmalen eines glücklichen, sinnerfüllten Daseins werden könnten. Daran wollte sie festhalten.